LES MOTS QUE J'AIME

et quelques autres...

Jean-Michel Ribes

LES MOTS QUE J'AIME

et quelques autres...

INÉDIT

Points

ISBN 978-2-7578-2934-9

LE GOÛT DES MOTS

UNE COLLECTION DIRIGÉE PAR PHILIPPE DELERM

LES MOTS QUE J'AIME

Pour leur sens, leur sonorité, et le plus souvent pour le rapport de la musique avec l'idée, de la cadence avec l'imaginaire. Les mots que j'aime. Pour le pouvoir qu'ils ont sur moi, et pour l'écho que je leur donne. Les mots qui touchent, ceux qui font sourire. Et ceux que je déteste, quelquefois. Des personnalités reconnues pour leur amour de la langue livrent ici beaucoup de leur être le plus secret en voyageant en toute liberté avec les mots qui leur ressemblent.

Ph. D.

À ma mère
et pour tous ceux que j'aime plus que les mots.

« Ce sont les mots qui existent, ce qui n'a pas de nom n'existe pas. Le mot lumière existe, la lumière n'existe pas. »

Francis Picabia

Sincère

Sincère a ceci de commun avec modeste, dès qu'on le prononce, on ne l'est plus.

Chagrin

Je félicite l'inventeur du mot « chagrin », il dit exactement ce que je ressens à chaque fois que j'en ai.

Catapulte

La catapulte me manque. Il y a de la jouissance à tendre cette machine de guerre, à y placer avec délice un projectile de granit et soudain libérer le ressort, puis regarder s'envoler la pierre vers la muraille ennemie qu'elle va effondrer. Cette lente préparation au jaillissement du projectile, la tension progressive vers la violence du jet, la cérémonie des préliminaires raffinés et précis qui augmentent peu à peu la puissance de l'engin jusqu'au tir libérateur, devaient donner un plaisir infini aux soldats qui servaient cette arme. Faites l'amour pas la guerre. Les catapulteurs faisaient les deux.

Langue de bois

Langue écologique qui ne pollue pas la pensée dans la mesure où elle n'en contient pas.

Trou de mémoire

La mémoire, ce grand sac invisible dans lequel jour après jour s'entasse notre passé, se déchire parfois laissant s'échapper le nom d'un ami, une date, un visage… Il arrive, tels des oiseaux retournant à leur nid, qu'ils reviennent, mais le plus souvent leur cavale est sans retour. Où vont-ils ces souvenirs en fuite ? Que deviennent les images, les sons, ces pans de notre enfance que nous gardions vivants en nous ? Continuent-ils de vivre quelque part ? Vont-ils se réfugier dans d'autres mémoires ? Se souvient-on de ce que nous n'avons pas vécu ? Vont-ils envahir les rêves d'hommes et de femmes inconnus pour perturber leur sommeil de nos chagrins d'antan ou de nos amours perdues…

Y a-t-il un pays, une île, une étoile où vont se réfugier nos oublis, ou s'effacent-ils à jamais ? Les retrouverons-nous dans l'au-delà ? Sont-ils cachés derrière un nuage ? Sont-ils notre vie après la mort, une vie déjà vécue, agréable à retrouver pour ceux qui furent bons, odieuse pour les méchants ? Quel explorateur partira à la recherche de ces continents d'émotions évanouis ?

Parfois le soir une mystérieuse tristesse m'envahit, ou certains matins c'est une humeur joyeuse qui me saisit. Sans doute des souvenirs heureux ou des peines anciennes, échappés d'une cervelle en lambeaux d'un inconnu qui viennent trouver refuge dans mes pensées en s'y glissant par un trou de ma mémoire.

Crémation

Partir en fumée n'est-il pas mauvais pour la santé ?

Dentifrice

L'étudiant ouzbek, le touriste lapon ou le diplomate du Lesotho qui apprennent notre langue sont très souvent émerveillés par le mot « dentifrice » : sa sonorité racée, l'élégance avec laquelle sont agencées ses consonnes et ses voyelles, la fine touche teutonne qui colore sa terminaison sans aller jusqu'à « *Fritz* », sa parfaite proportion qui l'empêche d'encombrer la bouche quand on le prononce et lui permet d'atteindre rapidement l'oreille de l'interlocuteur, bref « dentifrice » les fascine. Ils s'imaginent aussitôt que ce substantif enchanteur signifie en français pour le moins : les éperons d'or d'un général victorieux ou le délicieux galbe du fessier d'une Vénus picarde, ou encore la naissance d'une aube satinée au sommet du mont Saint-Michel.

Quelle n'est pas leur stupéfaction lorsqu'ils découvrent que cette merveille phonétique qu'ils nous envient n'est autre que le nom donné à une pâte blanchâtre et molle destinée à empêcher l'apparition de caries sur notre dentition. Certes, ils savent que *l'habit ne fait pas le moine*, mais pas à ce point tout de même ! Qu'un mot se chamarre de telle sorte pour n'être au final qu'un vague savon en tube utilisé pour assainir l'haleine et ôter les restes de salade coincés entre deux molaires, là c'est trop. L'arrogance de la France est une fois de plus pointée du doigt et il n'est pas étonnant que les étrangers se tournent une fois de plus vers l'apprentissage de l'anglais où dentifrice, ne cachant rien de sa signification, se dit « *toothpast* », c'est-à-dire « pâte pour les dents ». C'est franc, c'est clair, c'est annoncé, aucune frustration pour le Croate ou le Kirghiz qui en découvre le sens sans avoir jamais rêvé que « *toothpast* » pouvait vouloir dire « orgasme sublime » ou « cavalcade sur les nuages ».

Quand on pense qu'« amour », mot insipide, plat, mollasson et sans saveur désigne le sentiment qui bouleverse quotidiennement sept milliards d'êtres humains sur la planète et que « dentifrice », mot somptueux s'il en est, a été choisi pour désigner un savon buccal utilisé par à peine un sur mille de nos semblables ! Que font les académiciens français déguisés en maréchaux d'Empire alors que la plupart ne sont que sergents d'écriture ?! Ne devraient-ils pas, au lieu de nourrir avec parcimonie le dictionnaire tous les jeudis, redonner noblesse de sens aux mots qui en ont l'allure ?

Innocence

« Innocence » me tire les armes, « innocent » m'agace.

L'innocence, c'est la roulade de l'ourson dans l'herbe, le saut de la baleine sous la lune, le sourire du bébé devant le CAC 40, l'envie soudaine d'une menthe à l'eau...

L'innocent, c'est le benêt, le crétin, l'imbécile, le ravi de la crèche, celui dont on va devoir écouter les propos fades, vides, soi-disant naïfs, sous prétexte qu'il risque d'avoir les mains pleines. Au passage, je n'aime pas les naïfs, ils ralentissent le monde. J'aime les villages qui n'ont pas d'idiots.

Et d'ailleurs, est-ce un hasard si l'on nomme « innocent » celui qui n'est pas coupable ? Les tribunaux ne se trompent jamais tout à fait. L'accusé n'a peut-être pas tué, mais ils ont montré que c'est un crétin, ce qui est pire.

L'innocence m'apaise, l'innocent m'énerve.

Résistance

Mot inventé pour éviter aux hommes de vivre à genoux.

Oxygène

C'est « gène » qui me gêne dans « oxygène » bien qu'« oxy » ne me rassure pas non plus.

Salsifi

Mot courant d'air, vent coulis, frissons, glaçons dans le dos, frétillement d'une truite dans l'eau fraîche... Il est bon de le glisser dans les phrases étouffantes ou les conversations qui s'enflamment.

Bonbon, bonbonne, bobine

Trois mots caoutchouc, trois mots qui rebondissent, trois mots bouées. Trois mots qui nous disent que le monde peut être bon et bonhomme.

Vasodilatateur, bicarbonate de soude et vitascorbol

Ces trois mots restent accrochés à la voix de ma grand-mère qui nous accueillait chaque été au mois d'août dans sa maison d'Ordizan, petit village des Hautes-Pyrénées. Grande hypocondriaque devant l'Éternel, elle entassait dans une armoire la totalité de ce qui pouvait exister comme médicaments, pansements et autres onguents réparateurs. Au moindre éternuement, à l'apparition de la plus infime rougeur, elle nous en gavait aussitôt. « Cela va vous reconstruire », disait-elle avec son léger accent bordelais. Je nous imaginais, immeubles détruits que de considérables machines de chantier allaient remettre debout.

Le vasodilatateur, un gigantesque excavateur, creusait le sol en évacuant par un puissant assemblage de pistons la terre qu'il propulsait vers les bennes des camions placés alentour.

Le bicarbonate de soude, comme son nom l'indique, était chargé de joindre ensemble les ferrailles porteuses et les cuivres à plomberie ; quant au vitascorbol, il permettait de doubler la puissance des circuits électriques.

À la fin des vacances, nous revenions à Paris en parfaite santé, la charpente solidifiée et l'énergie au ventre.

Archimandrite

Miam ! l'eau à la bouche tout de suite. On sent l'amande et la meringue... La fleur d'oranger le parfume. Il craque légèrement sous la dent puis s'évanouit dans le palais. Irrésistible ! Vous vous précipitez à la pâtisserie la plus proche. « Un archimandrite, s'il vous plaît ! non, deux archimandrites !... »

Madame Sandier fronce les sourcils, vous fait répéter, puis vous annonce qu'elle ne connaît pas ce gâteau, jamais entendu parler. Déçu de réaliser soudain que cette commerçante, chez qui vous achetez depuis des lustres tartes et religieuses au chocolat pour apporter un peu de douceur à la fin des repas de famille du dimanche qui n'en ont comporté aucune, a une connaissance limitée des chefs-d'œuvre de la pâtisserie.

Taraudé par l'envie de goûter ce gâteau dont le seul nom vous fait saliver, vous courez dans une autre pâtisserie, puis une autre, une autre encore : « Connais pas... », « Comment dites-vous ?... Non, je ne vois pas », « Vous êtes sûr du nom ? », etc. Épuisé par cette course folle dans la ville qui n'a fait qu'accroître votre désir de le croquer, vous allumez votre ordinateur, vous plongez dans un moteur de recherche... et là, le souffle court, vous apprenez que ce terme ne désigne en rien ce délice d'amande qui excite vos papilles depuis l'aube mais est le nom donné par la hiérarchie de l'église orthodoxe au père supérieur d'un monastère.

À cet instant vous pouvez réagir de deux façons : a) vous courez cette fois non pas vers la pâtisserie la plus proche mais chez le patriarche grec qui habite le plus près de votre domicile et vous lui demandez de vous convertir aussitôt à ce catholicisme apostolique dont les dignitaires portent le nom d'une pâtisserie succulente, ce qui laisse augurer des dogmes savoureux ; b) votre athéisme redouble, comprenant soudain que le fameux Dieu dont on vous rebat les oreilles avec sa soi-disant existence n'est en fait qu'un margoulin de foire réduit, pour attirer des fidèles, à exciter leur gourmandise, en donnant à ses prêtres le nom d'un gâteau.

Dans un cas comme dans l'autre, le mot « archimandrite », après vous avoir mis l'eau à la bouche, vous aura permis de faire le point sur votre rapport à la théologie.

Raison

La raison n'a pas toujours raison, la pensée, si.

Camarade

Le camarade est une sorte de relation sans risque. Il est généralement propre, bien coiffé, jamais en retard. Il plonge tout habillé dans l'eau glacée pour vous sauver de la noyade, il aime courir en short avec vous le matin, il vous convie le dimanche avec d'autres camarades à manger du poulet rôti par sa mère, il vous invite à venir chanter dans sa chorale, il ne couche pas avec votre femme, il vous aide même tard le soir à changer un pneu, à réparer un robinet qui fuit ou à dégivrer votre réfrigérateur, il vous offre à Noël des cadeaux recyclables ou le parrainage d'une petite Somalienne aveugle, il vous entraîne dans les meilleures randonnées du département des Vosges et vous prête des chaussures de marche car il en a toujours deux paires. Il ne vous tient pas rancune d'avoir oublié d'assister aux dix ans de l'association « Vivre la Vie » dont il est le secrétaire général et que son frère Jean-Baptiste a fondée avant de devenir aumônier parachutiste, pour vous dire bonjour il ne vous tend pas la main mais vous serre contre son torse musclé qu'il a bien savonné le matin en chantant à tue-tête sous la douche, il ne porte que très rarement des chemises bariolées, jamais il ne vous interdit de fumer, il vous aide simplement à tenter de ne pas dépasser deux cigarettes par jour, humain, il vous conseille, avant de les condamner définitivement, de vous appliquer à comprendre Hitler, Staline ou Franco, tous les hommes sont frères, répète-t-il souvent, comme les animaux qu'il faut aimer eux aussi, le poil luisant de son berger allemand prouvant l'affection qu'il lui porte, vous noterez que la moitié de sandwich qu'il vous offre est toujours plus grande que celle qu'il se réserve. Entre un bon camarade et un camarade, il n'y a pas de différence, le camarade est toujours bon, qu'il vente, qu'il pleuve ou qu'il canicule, vous pourrez toujours compter sur lui, il n'est jamais malade, toujours coiffé en brosse et connaît de bien bonnes blagues.

Je n'ai jamais été un camarade et je n'en ai jamais eu, c'est une de mes rares fiertés.

La Joconde

L'ennui est le sentiment le plus haï de la planète. Avec la Joconde, il prend sa revanche, là tout le monde l'aime.

Mariage

C'est le mot qui a engendré le plus d'aphorismes. Je m'abstiendrai donc.

Lenteur

J'aime ce mot qui se lit vite.

Dégourdie

Le génie des jeunes filles.

Bonjour

Je dis souvent « Bonjour » à quelqu'un que je croise à minuit, mais rarement « Bonne nuit » à une personne que je rencontre à midi.

Limitrophe

J'ai toujours pensé que Limitrophe était un personnage de Tchekhov. « Mon voisin Sergueï Sergeïevitch Limitrophe est parti pour Moscou. »

Potron-minet

Parmi les nombreux mots dont j'oublie régulièrement le sens, « potron-minet » figure en bonne place. Il faut dire qu'il cache bien son jeu. Il n'offre aucune prise à une rapide approche étymologique et, à l'inverse de mots tels que « fluide », « siffler » ou « cavalcade » dont la sonorité nous livre aussitôt dits leur signification, la musicalité de « potron-minet » est pour le moins opaque.

J'aimerais connaître la personne qui, assemblant « potron », qui évoque vaguement un instrument de cuisine en terre où mijote une recette régionale de ragoût, et « minet », terme par lequel avec un sourire attendri on désigne un chat ou, dans les années 1970 et 1980, ces jeunes dandys vêtus de pantalons pattes d'éléphant qui draguaient dans les parages du drugstore des Champs-Élysées, a pu arriver à former un mot qui signifie : « à l'aube », « de bon matin » ou « dès que le jour pointe ». Mystère. De la même façon, j'aimerais qu'on m'explique pourquoi « hétricule » veut dire jeune courtisane ou « proboscide » trompe d'éléphant. Qui fabrique ces mots ? Quel est le pervers qui a décidé de nommer certains groupes de champignons « hyménomycètes », ou « lophophores » les petites poules de l'Himalaya ? Les tribunaux condamnent pour moins que ça. N'y a-t-il pas dans cette volonté de nommer de façon complexe et savante des choses simples une intention discriminatoire à l'attention des plus pauvres en vocabulaire, des classes moyennes du savoir ? N'est-on pas une fois de plus dans une démarche favorisant les élites ? Proférer des substantifs que seules certaines classes privilégiées peuvent saisir, n'est-ce pas tout simplement une atteinte à la démocratie ? Le langage et ses composants ne doivent-ils pas appartenir à tous ? L'aristocrate, le chef d'entreprise éduqué ou l'universitaire sont-ils les seuls à pouvoir se réveiller dès potron-minet alors que le reste de la population n'est autorisé qu'à se lever très tôt ?

Il faut rendre hommage à François Hollande dans son combat pour l'égalité, d'avoir – lors du duel qui l'opposait au candidat-président sortant entre les deux tours de l'élection présidentielle de 2012 – répété cent quarante-deux fois « Moi, président de la République, je... », redistribuant à tous la signification d'« anaphore », mot jusque-là réservé aux seuls riches en culture.

Haut-de-chausses et justaucorps

À chaque fois que ces deux appellations de vêtements médiévaux s'assemblent (ce qui j'en conviens n'est pas si fréquent), j'imagine immédiatement un duo de comiques. « Mesdames et Messieurs, je vous demande d'accueillir sur la grande piste du cirque d'hiver, avec les applaudissements qu'ils méritent : Haut-de-chausses et Justaucorps ! » Dès qu'on cite le premier, le second me vient aussitôt à l'esprit, un peu comme Laurel et Hardy, Footit et Chocolat, Pippo et Zeppo, ou Lionel et Jospin... « Pince à linge » et « coquille d'œuf » me font le même effet.

Endorphine

Ce mot fragile et délicat qui évoque le bien-être m'a toujours semblé être le nom d'une princesse endormie sous un saule rêveur, que chaque jour des princes charmants en manque de haschich viennent bécoter.

Tire-larigot

Le sens de cette expression formée de deux mots improbables m'a toujours échappé. En réalité, elle m'en évoque trois. Une spécialité gastronomique du Sud-Ouest, une partie de jambes en l'air et un sommet de la cordillère des Andes : je n'arrive pas à me décider. Si vous êtes dans mon cas, la meilleure façon de faire taire la douleur née de l'impossibilité de choisir une seule de ces trois significations, sans qu'aussitôt une autre vous semble la bonne, est de les rassembler selon la règle du théâtre classique : unité de lieu, unité d'action, unité de temps. Ainsi, par un jour de météo clémente, il vous suffit, accompagné de quelques amis alpinistes, de gravir le mont Tire-larigot au sud du Chili, de déguster à la première pause un bon tire-larigot toulousain, puis ensuite vous glisser discrètement sous votre tente avec la femme de votre meilleur ami qui digère en somnolant et de la tire-larigoter jusqu'à l'aube. Attention, le mont Tire-Larigot culmine à près de 5 000 mètres, l'oxygène peut venir à manquer.

Révolte

La révolte est à la Révolution ce que la joie est au bonheur.

Le bonheur, c'est la joie qui s'est embourgeoisée jusqu'à s'endormir sur le canapé. Comme la Révolution.

Moldavie

La Moldavie a toujours été pour moi l'un des nombreux pays inventés par Hergé pour y envoyer son héros Tintin vivre une de ces aventures dont les jeunes de 7 à 77 ans raffolent. Mais l'autre jour, ouvrant un dictionnaire pour vérifier si molaire prenait un « l » ou deux (quand on a mal aux dents, l'orthographe en prend un coup), quelle ne fut pas ma surprise de tomber sur Moldavie, qui s'avérait être un vrai pays coincé entre l'Ukraine et la Roumanie. « Mille sabords ! » m'écriai-je, mais si les pays de Tintin existent, existerait-il lui aussi ? Je dirais même plus, Tintin serait-il un homme existant ? Je me précipite aussitôt à la lettre T. Pas l'ombre de Tintin, seul « tintinnabuler » m'y a fait penser un instant... Mais non, il s'agit d'un son de grelot...

Quelques jours plus tard, Moldavie avait disparu de ma mémoire et Tintin y était toujours vivant. Le dictionnaire devrait peut-être revoir la définition du mot « exister ».

Machin

Machin est sans conteste le mot le plus précis de la langue française. Quand on me dit « Machin a téléphoné », je sais immédiatement de qui il s'agit alors que je ne vois pas tout de suite qui est ce François dont on m'affirme que j'ai rendez-vous avec lui dans une heure. Quant à Machin-chose, là c'est l'évidence : « Tu sais, c'est Machin-chose qu'on avait rencontré en Bretagne avec sa femme Laurence qui était allergique aux poulpes. » Le visage de Machin-chose, ce notaire végétarien mâchant une crêpe sur le port de Perros-Guirec m'envahit aussitôt la rétine, et son nom, Jacques Dumarchais, résonne à mon tympan dans la seconde. Quant à son épouse dénommée Laurence… ? Disparue.

Le souvenir accourt d'autant plus vite qu'on ne le sollicite pas avec précision. Il ne se sent ni contraint ni commandé par l'exactitude de ce qu'il doit remémorer. La peur de rater l'objet caché dans un passé qu'il doit nommer avec précision le paralyse tandis que le flou de l'évocation, l'à-peu-près, l'apaise et c'est tranquillement qu'il nous remonte le nom d'un acteur du cinéma muet, l'année où le directeur du supermarché a perdu sa jambe ou l'histoire si drôle qu'a racontée Victor après la noyade de sa tante.

Célèbre

Il suffit d'égorger un chef d'État pour le devenir, pas de quoi fouetter un chat !

Courir

Je cours depuis toujours derrière moi sans jamais parvenir à me rattraper.

Libre

« Libre » vaut mieux que « liberté ». « Libres », nous le sommes ou pas, « liberté », la promesse est tiède. Inscrire aux frontons des mairies « Libre, égal, fraternel », c'est passer de la parole aux actes.

Moteur

Je viens de m'apercevoir avec effroi que ce mot sans grand intérêt est celui que j'aurais prononcé le plus dans ma vie. Comme vous ne l'ignorez pas, « moteur » est lancé par le réalisateur au début du tournage d'une scène pour que l'ingénieur du son démarre sa machine, elle-même déclenchant la caméra. Scène qui peut être recommencée des dizaines de fois si elle ne satisfait pas le dit réalisateur, en l'occurrence moi dans le cas qui nous occupe.

J'ai calculé qu'entre les nombreuses séries télévisées, les films courts, longs ou publicitaires que j'ai réalisés, j'ai au jour d'aujourd'hui dû prononcer « moteur » plus de deux millions cinq cent mille fois.

Si j'avais eu le courage de remplacer ce mot médiocre par « lac de Constance », « rose trémière » ou « rêve de toi », j'aurais sans doute fait de meilleurs films.

Culture

Il y a les mots à la mode, les mots éphémères, les mots éternels, les mots du sud, les mots du nord, les mots rares, et puis il y a ces vieux mots usés qui traversent, imperturbables, les siècles, bravant toutes les intempéries du langage, comme de bons trains de voyageurs dans lesquels on monte par habitude sans même se demander si pour se rendre à l'endroit où ils nous conduisent il n'existe pas de nouveaux moyens de transports plus rapides et plus modernes.

« Culture » fait partie de ces mots qui, à force d'être mastiqués, mâchouillés jour et nuit, par des millions d'individus, n'ont plus ni goût ni saveur. Usés jusqu'à la corde, ils se traînent dans les conversations, les débats, les discours si fatigués qu'on ne les entend plus.

Quand remplacera-t-on ces mots exténués ? Pourquoi ne pas organiser un concours pour créer d'autres mots ? On le fait bien en architecture lorsqu'il s'agit de construire un opéra ou une tour à la place d'un vieil immeuble qui s'écroule.

Beauté

Du point de vue de la langouste, Marilyn Monroe est-elle une beauté ?

Le phacochère

Ce cochon d'Afrique, porc de brousse ou goret des savanes a, par je ne sais quel miracle, su se donner un nom qui, à l'inverse de son cousin français, lui évite d'être assimilé à une insulte. « Gros porc », « vieux cochon » ou « sale truie » sont les noms communément donnés aux touristes obèses, aux notaires libidineux ou à la caissière de cinéma dont le souvenir de l'abondante poitrine dépassant de sa blouse risque de perturber le spectateur pendant le film. Est-il juste que le cochon dont on nous dit que tout est bon en lui jusqu'à son regard soit assimilé à tout ce qui touche de près ou de loin à la dépravation sexuelle ? Ce quadrupède, dont la couleur rose et la forme arrondie a donné naissance à tant de charmantes tirelires incitant la jeunesse à l'économie, mérite-t-il à chaque fois que l'on prononce son nom d'évoquer je ne sais quel obsédé du sexe ?

Au risque de provoquer la fureur du Front national, qui verrait là une manipulation destinée à désigner un animal français par le nom qu'on donne à son semblable africain, ne serait-il pas équitable de supprimer le terme « cochon » et de le remplacer par « phacochère » ? Toute connotation insultante disparaîtrait aussitôt. Il serait en effet difficile pour une épouse folle de rage de découvrir son mari ivre mort dans les bras d'une autre dame, de le traiter de « gros phacochère », ni au mari apercevant sa femme cachée derrière le canapé se gavant de pâtisseries de lui lancer : « Simone tu n'es qu'une grosse phacochère ! »

Le délicieux animal qui se mêle avec tant de grâce au beurre et au fromage dans nos sandwichs retrouverait enfin un nom digne de la gratitude que nous lui devons.

Métro

Quand installera-t-on enfin un wagon-bar dans le métro ? C'est pas nous qui conduisons. Merde !

Colimaçon

« Colimaçon » appartient à la catégorie relativement répandue des mots-doigts : dès qu'ils sont prononcés, ils sont immédiatement suivis d'une gesticulation de l'index qui affine leur signification. Lorsque vous venez de visiter un château médiéval dans le Lot et que votre vieille tante vous attend à l'extérieur assise sur les douves, la première chose que vous lui dites est : « Tu as eu raison de ne pas me suivre, c'était épuisant, il n'y avait que des escaliers en colimaçon. » Aussitôt, dans un geste réflexe votre doigt dessine une spirale dans l'espace précisant à la sœur de votre mère à quoi elle a échappé.

Il peut arriver que le seul mouvement du doigt suffise pour indiquer le sens du mot qui dans ce cas n'est même plus émis. Exemple : vous rencontrez par hasard, avenue Victor-Hugo à Paris, Jean-Bernard, le fils de votre tante qui a évité la visite du château médiéval lotois. Jean-Bernard est donc votre cousin germain, il habite dans le Pas-de-Calais où il élève de petits cervidés et des rongeurs originaires du Sud tunisien, dans l'espoir un jour de créer un zoo près de Roubaix qui en manque cruellement. Cette petite digression pour justifier le « par hasard » connotant la susmentionnée rencontre. On l'aura compris, Jean-Bernard ne vient que rarement à Paris, son temps étant intégralement vampirisé par les cervidés nains et les rats de Matmata. Après les accolades minimales que se dispensent deux membres d'une même famille qui ne se voient qu'à Noël où ils assistent tous à la messe de minuit célébrée, dans un petit village du Lyonnais, par un oncle ex-vigneron qui, après avoir goûté au premier beaujolais nouveau tiré de ses vignes, s'est écroulé sur le sol et a vu Dieu qui lui a demandé d'être son berger, ce à quoi Raymond (il s'appelle Raymond) a répondu d'une voix pâteuse : « D'accord »... Après ces accolades donc, Jean-Bernard vous demande d'une voix cachant mal sa gêne d'être un provincial égaré : « Tu sais où est le Louvre ? » Dans un geste réflexe votre index se tend vers l'est, indiquant la direction du célèbre musée. Ce geste du doigt remplace avantageusement « Par là », « C'est tout droit », « Tu vas jusqu'à l'Étoile, tu descends les Champs-Élysées, tu traverses les Tuileries et tu y es. Le plus simple est de prendre le métro, tu prends la ligne 1 et tu descends à Palais Royal-Musée du Louvre. »

Le mot-doigt dans sa version « doigt seul », non seulement donne une réponse précise à la question de votre cousin qui s'en va aussitôt dans la direction qu'il indique, mais surtout vous évite une conversation à n'en plus finir avec Jean-Bernard qui, ne l'oublions pas, est bègue et doué, de plus, d'une vivacité d'esprit allégée qui ne lui permet pas de comprendre l'intégralité des mots contenus dans une phrase, même courte.

La France n'est pas la seule utilisatrice du mot-doigt, l'Italie en est friande. Faites une queue de poisson en conduisant dans une rue de Rome, vous verrez aussitôt un doigt du conducteur de la voiture qui vous suit jaillir accompagné de trois-quatre mots que vous comprendrez aisément même si vous ne parlez pas italien.

La seule différence entre les deux nations latines est qu'en France le mot-doigt se sert de l'index alors que l'Italie utilise le majeur.

Archiduchesse

L'archiduchesse se doutait-elle que la sécheresse de ses chaussettes permettrait à un grand nombre d'acteurs d'avoir une diction potable ?

Arabes

Les Arabes ont inventé les chiffres, ce qui a permis entre autres de déterminer le nombre d'entre eux qu'il faut entasser chaque année dans des charters pour les renvoyer dans leur pays.

Se cambrer

« Se cambrer » signifie : se redresser en courbant le bas du dos, s'opposer en bombant le torse, résister face à l'adversité… ou quelque chose comme ça.

Je profite de cette définition donnée au lecteur pour lui signaler que j'écris ce livre sans jamais me référer au dictionnaire. Il ne s'agit pas là ni d'un principe ni d'une fierté un peu crétine et encore moins de la volonté de se cambrer face à la facilité, mais simplement du refus de perdre du temps. Le dictionnaire est un ouvrage volatil, volage, imprévisible, c'est en tout cas la façon dont il se comporte chez moi. Dès que j'en ai besoin, je ne le trouve pas. Il m'est arrivé de le chercher pendant des heures sans parvenir à mettre la main dessus, et si par chance je finis par le découvrir sous un fauteuil ou au milieu d'une pile de je-ne-sais-quoi qui participe au foutoir général de ma pièce de travail, la plupart du temps j'ai oublié pourquoi je le cherchais.

Raison pour laquelle lorsque le sens d'un mot m'échappe, plutôt que de perdre un après-midi à courir après le Robert ou le Larousse, je lui donne la signification qu'il m'évoque, c'est ainsi que je suis devenu poète.

Anachorète

Voilà un mot qui m'a rendu fier quand j'étais petit. Le dire, j'en étais certain, faisait grand. C'est au cours d'un dîner chez mes parents que, très jeune, je l'ai entendu pour la première fois. Un Monsieur aux cheveux gris, qui riait souvent d'une petite voix acide, l'a prononcé entre deux bouchées de gigot. La conversation a soudain pris un ton grave, les propos échangés se sont raidis, chaque parole prononcée était maintenant précédée d'un petit temps de réflexion, les convives concentrés sur ce qu'ils voulaient dire en oubliaient de manger. Avec l'apparition d'« anachorète », le repas convivial et joyeux s'était soudain figé dans une sorte d'austérité pensive. Je regardais les invités de mes parents les uns après les autres, hochant la tête ou soulignant leur perplexité d'une moue discrète en s'évertuant à ne jamais laisser apparaître le moindre sourire qui aurait pu discréditer une pensée mûrement échafaudée. Je compris alors ce que c'était d'être adulte : dire des mots compliqués avec un air sérieux.

Dès le lendemain à l'école, je lançai plusieurs fois à mes copains le mot « anachorète ». Il ne déclencha que fous rires et moqueries. Je réalisai à cet instant que je ne serais jamais adulte.

Définir

Comment définir « définir » ?

Définition

Tentative d'expliquer, de décrire, de faire comprendre en quelques mots ce qu'est un objet, ce que signifie une idée ou ce que représente une image. Cette démarche n'aboutit qu'à réduire la réalité, voire à l'amputer. Tout ce qui est défini est plus petit que ce qui est.

Fantaisie

Voir Oxygène, Résistance, Issue de secours.

Maigre

On ne parle aujourd'hui que de gras, de graisse, de surpoids, d'obésité, de gros, d'embonpoint, d'adipeux. Qui prononce le mot « maigre » ? « Maigrir », oui, on le dit, mais « maigrir » ne réhabilite pas le mot « maigre », c'est juste une réponse à ceux qui veulent réduire leur masse graisseuse. « Maigre », ce mot élégant, modeste, simple, n'est jamais employé que pour dénigrer. « Il est vraiment maigre », « Elle est trop maigre », « Période de vaches maigres », etc.

N'y aurait-il que des bons gros et des mauvais maigres ? « Je préfère les films maigres », disait le regretté Claude Miller, Cranach ne vaut-il pas Rubens ? Le bambou a des charmes que ne possède pas le baobab; et l'Occident? Un Occident maigre ne retrouverait-il pas une certaine dignité permettant peut-être à certains pays de cesser de l'être trop?

Socialisme

Voir Culture.

Photographie

J'aime la photographie parce que ça ne ressemble pas à ce qu'on voit.

Chérir

Je préfère « chérir » à « aimer ». « Chérir » n'est destiné qu'à l'amour alors qu'« aimer » peut l'être à la blanquette de veau.

Ellébore

Tout comme Lancelot du Lac, la fée Morgane, Perceval le Gallois, ou la reine Guenièvre, Ellébore appartenait dans mes rêveries à la geste médiévale qui a bercé mon adolescence et aujourd'hui encore nourrit Hollywood. Plante magique dont deux grains suffisaient pour vous envoyer sur la Lune ou guérir de la folie. Je viens d'apprendre au gré d'une conversation qu'en réalité il s'agit d'une herbe dont la propriété principale est de guérir la diarrhée ! Maintenant, dès qu'on m'évoque le Saint-Graal, j'imagine aussitôt le roi Arthur chiant tout son soûl sous la Table ronde, Richard Cœur de Lion interrompant la prise de Jérusalem pour courir aux latrines et Merlin accroupi dans les fougères cessant soudain d'être enchanteur.

Psychologie

Je n'aime pas la psychologie, cette science qui décrit l'âme et soi-disant en apaise les douleurs. C'est une impasse. Que nous fait-elle découvrir sinon la condition humaine, prison dont elle nous fait visiter les méandres mais dont elle ne nous délivre jamais.

Freud n'est qu'un détective privé plus doué que les autres. Et s'il finit souvent par découvrir l'assassin, pour autant ne restons-nous pas victimes d'être nous-mêmes ? Rien ne change, nous sommes sur Terre plus ou moins bien équipés pour y habiter, mais le chemin est tracé. Nous naissons, nous travaillons (ou pas) et nous mourons, c'est réglé. L'aventure est la même pour tous. La psychologie ne nous sortira pas de là. Le cinéma, le théâtre ou la littérature psychologique m'épuisent à ressasser toutes les nuances de notre réalité d'humains sans surprise dont nous connaissons tous le dénouement. Seule échappatoire pour fuir notre destinée définitive, le non-sens qui en dénonce l'absurdité.

Merci à Beckett, Ionesco, Picabia, Jarry, Feydeau, Alphonse Allais, Duchamp, Dubillard, Kandinsky, Buñuel, Fellini, Picasso, les Monty Python et tant d'autres qui nous ont libérés du circuit fermé de la psychologie, en creusant dans ses murailles des issues de secours nous menant enfin vers l'inattendu.

Niable

Alors, savez-vous ce que veut dire ce mot, étrange cousin de « diable » ? Non ? Il signifie simplement la capacité de quelqu'un ou de quelque chose d'être nié. Vous-même êtes-vous niable ? C'est-à-dire contestable, réfutable, voire même inexistant. Vous l'ignorez ? Demandez-le à vos voisins qui rêvent depuis si longtemps que vous n'existiez pas pour occuper votre appartement.

Ravager

L'homme blessé m'émeut, l'homme effondré me désole, l'homme ravagé m'anéantit.

Anthropophage

Mot moelleux qui ouvre l'appétit.

Le bord de mer

Lieu arlequin où se côtoient en plein air la mouette, le peintre normand, la bouée canard, l'hôtel avec vue, le briquet oublié, le sauveteur breton, la serviette de plage, l'enfant noyé, le grand casino, la villa du maire, le poète marin, le touriste danois, la moule, le varech, les lunettes de soleil, le caca d'un chien, les crabes qui le mangent, des châteaux de sable, une ou deux tongs et la marée noire.

En examinant attentivement cette liste tout à fait inoffensive, on ne comprend pas pourquoi l'ONU continue depuis des années à refuser de donner un bord de mer à l'Autriche.

Définitif

Rien ne l'est jamais, même cette phrase.

Main

Pourquoi avons-nous tant d'idées et seulement deux mains ?

Octogonal

Depuis que je suis gosse je ne peux pas m'empêcher de placer devant les noms qui se terminent en -al un prénom sud-américain accompagné d'un grade et d'une courte biographie. Par exemple pour le mot qui nous occupe ici : Juan Xavier Octogonal, général équatorien (1832-1910) dont le principal fait d'armes fut de chasser du pouvoir le dictateur Carlos Alfredo Colorectal qui avait mis son pays dans la merde.

Image

L'image qui ne dit mot n'en est pas une, le mot qui ne comporte pas d'images ne signifie rien.

Ouf !

La violence d'un grand soulagement est telle qu'elle nous empêche le plus souvent de le verbaliser, de le conceptualiser, de le faire partager. Nous ne pouvons l'exprimer qu'avec « ouf ! ». Le soulagement intense nous rapproche du raton laveur, voire de la dinde du Périgord, qui échangent le plus souvent entre eux en criant « hirk ! » ou « pritt ! », néologismes à peu près équivalents à « ouf ! » même s'ils comportent une ou deux lettres de plus, ce que certains expliquent par le fait que l'animal est plus sensible que l'homme à l'annonce d'une bonne nouvelle, spécialement la dinde du Périgord quand elle apprend que cette année encore elle échappera à Noël.

Sinapisme

Sorte de sac en tissu poreux rempli de moutarde brûlante que le médecin vous ordonnait de placer sur votre poitrine pour guérir une bronchite. Les autres médicaments de l'époque étaient la saignée, les ventouses sèches, les vésicatoires et les sangsues. On comprend pourquoi l'espérance de vie était nettement plus courte qu'aujourd'hui, même si l'arrivée soudaine du tout-bio salvateur ne présage rien de bon.

Coquin

Coquin, coq, coquille, cocu, coquard, coquet, coccyx, coquelicot, cocorico, coca, coco, cocotte, coke et coccinelle...

... rien d'autre, j'avais juste envie d'écrire ces mots les uns derrière les autres.

Coquecigrue

J'en profite pour rajouter ce mot dont beaucoup de lecteurs se sont déjà étonnés qu'il ne figure pas dans l'article précédent. La raison en est simple, il aurait fait des jaloux : « coq », « coquille » ou « cocotte » ne désigne qu'un animal alors que « coquecigrue » en mélange trois : le coq, la cigogne et la grue. Ce n'est pas une plaisanterie, même si « coquecigrue » signifie justement « baliverne ».

Mensonge

Ne pas oublier que dans « mensonge » il y a « songe », alors que dans « vérité » il n'y a pas grand-chose.

Poète

J'ai toujours trouvé ce mot un peu ridicule, trop petit, trop mièvre, d'une sonorité trop proche de la flatulence, bref, tout à fait incompatible avec ce qu'il prétend nommer. Je sais bien qu'il vient du grec « *poïesis* » qui signifie « faire », mais il n'y a pas que le poète qui fait, il y en a d'autres, seulement eux ont échappé à la pingre appellation de « poète ». L'évêque fait et on l'appelle « Monseigneur », le bâtisseur fait et on l'appelle « architecte », le soldat fait et on l'appelle « Maréchal de France », le nageur fait et on l'appelle « champion olympique » etc. Seul celui qui écrit en vers, chante ses vers ou réinvente le monde doit s'appeler « poète ». Agrippa d'Aubigné, Ronsard, Racine, Hugo, Musset, Verlaine, Apollinaire, Aragon ou René Char ne méritent-ils pas de s'appeler pour le moins « illuminants » ou peut-être aussi « effarés » ? Ou tout simplement du nom que leur a donné le plus jeune d'entre eux, « voyants ». Laissons « poète » à ceux qui ne le sont pas.

Ordre alphabétique

Comme tous les ordres, l'alphabétique facilite et contraint. Il permet de n'oublier aucune lettre grâce à cette mise en comptine des voyelles et consonnes que l'on fredonne dès la maternelle, mais d'un autre côté il nous force à accepter sa règle d'alignement. Moi qui déteste le « a » par exemple, pourquoi suis-je obligé d'accepter que cette lettre soit la première de l'alphabet ? Le « a » est une voyelle négative dont la fonction principale est la castration, ce qu'on appelle poliment le « a » privatif : a-moral, a-morphe, a-céphale, a-normal, etc., sans compter le nombre de mots vulgaires, voire obscènes, dans lesquels elle a plaisir à se glisser :

caca, chiasse, connard, partouze, pour n'en citer que quelques-uns.

Combien je regrette que le prince de l'Oulipo, Georges Perec, ait choisi d'éliminer le « e » de son roman *La Disparition* et non le « a ». Le « e » est une lettre tendre, sensible, modeste jusqu'à parfois devenir muette, alors que le « a », tambour-major pétulant, ouvrant avec arrogance le défilé de notre alphabet, n'a de cesse de sonoriser le rire sardonique des tyrans : « Ah ! Ahaaah ! » ou avec sadisme le dernier cri des soldats tués aux combats : « Aaaa ! » Rimbaud, comme pour nous prévenir de la nocivité de cette voyelle, n'écrivait-il pas « A noir » ?

Tous les ordres ont été combattus, j'ai bon espoir que l'alphabétique, fondé par je ne sais quel moine ou grammairien despote, le soit enfin.

La mauvaise foi

L'existence de la mauvaise foi prouve que la foi n'est pas une croyance forcément bonne. C'est rassurant.

Animal

Pourquoi l'animal rit et ne pleure-t-il pas ? Même le crocodile à qui la légende en a donné n'a pas de larmes. Cette question en vaut une autre, mais elle me vient soudain à l'esprit alors je la pose, ce qui prouve que les pensées qui se réfugient dans mon esprit sont assez souvent inintéressantes.

Labyrinthe et caméléon

Autant « haut-de-chausses » et « justaucorps » sont pour moi les noms d'un duo de comiques irrésistibles, autant « labyrinthe et caméléon » est l'en-tête d'un cabinet d'avocats associés.

Notaire

Plus je vieillis, plus je vois mon notaire. Avec la lunette à double foyer, le trou de mémoire et la place qu'on vous laisse dans l'autobus, le notaire est l'une des joies de la fin de vie.

Cheville

Cette petite articulation placée au bas de la jambe, joignant avec modestie le mollet et le pied, le plus souvent recouverte du haut de la chaussette, est parvenue, non à la force du poignet qu'elle ne possède pas mais avec je ne sais quelle obstination, à infiltrer des métaphores que bien des parties du corps, beaucoup plus prestigieuses qu'elle, lui envieraient. « Il ne lui arrive pas à la cheville », « Elle a les chevilles qui enflent », « Il en est la cheville ouvrière », etc. Prenons maintenant ce qu'il est de coutume de considérer comme le plus noble morceau de nous-mêmes, la tête. L'usage qu'en fait le langage pour illustrer ses dires est très loin de la considération que nous lui portons : « tête à claques », « tête de nœuds », « tête-à-queue », « tête de turc », « tête en l'air », « tête de cochon », « courte tête », « grosse tête », « tête de linotte », « tête brûlée », « tête ailleurs », « tête de pipe »...

Ceci rappelle que la langue française est bien fille de la Révolution qui préfère honorer l'humble cheville travailleuse qui nous soutient jour et nuit plutôt que cette tête royale sise au sommet de notre édifice qui se laisse porter en donnant des ordres... et qu'elle finira par couper.

Douleur

Preuve de vie.

Caravansérail

« Caravansérail », « conciliabule », « micocoulier » ou « épiglotte » sont des mots-rêves. Dès que je les entends, ils effacent aussitôt le sens de ceux qui les entourent pour m'emmener dans un songe où flotte un langage-nuage dont l'hermétisme tranquille m'apaise.

Entrer en matière

Cette expression m'a toujours dégoûté.

Inhumain

Qui est inhumain ? L'animal, oui. L'homme, non. Trop facile de décréter que ceux qui nous horrifient ne sont plus nos semblables, de les chasser du genre humain en les décrétant monstres. Ils restent des hommes, des hommes que chacun d'entre nous peut devenir à tout moment. Nos frères, en somme. Les limites de l'humain sont celles de ses tourments et de ses plaisirs, ils sont infinis. « Le monstre que l'on croit l'exception est la règle », écrivait Hugo qui en connaissait un bout sur les hommes, il les contenait tous.

Dans tous les sens

C'est la direction qu'emprunte ce livre.

Présentateur de télévision

Le présentateur de télévision ou la présentatrice, pourvu qu'il (ou elle) reste à son poste et dans le vôtre, devient très vite un membre de votre famille et très vite aussi celui que vous préférez. C'est le seul que vous pouvez faire taire, disparaître, voire éteindre définitivement. Excédé, après le gigot-purée, il vous arrive parfois, dans une sorte de sursaut d'espoir, de pointer la télécommande vers votre mère et d'appuyer rageusement sur tous les boutons... Mais en vain, elle reste là, continuant à expliquer pourquoi on n'aurait jamais dû faire réparer l'aspirateur chez ce concessionnaire arabe sans cesse plié en deux sur son tapis de prière qui, comme par hasard, est poussiéreux. Tandis que votre père, dont l'héroïsme quotidien consiste à ne pas étrangler sa femme, tente – en passant sous le flot ininterrompu de propos mêlant ces salauds d'Algériens et la belle technicité française du petit électroménager d'où ils devraient ôter leurs sales mains – de s'adresser à votre sœur en lui disant que si elle continue à s'habiller comme une pute elle va avoir affaire à lui.

Est-ce ou non un effet mirage dû à l'accablement que provoquent en vous ces repas de famille ? Vous êtes à peu près sûr qu'un mardi soir, à l'issue d'un reportage sur l'Afghanistan, le présentateur du journal télévisé, au moment d'enchaîner sur un autre sujet d'actualité, s'est tourné vers vous : « Tu veux que je les zappe ? » Sous le choc, aucun mot ne put sortir de votre bouche, même pas ce « oui » tant désiré. Touché par votre désarroi, le présentateur se tourna vers la caméra principale et annonça qu'on venait à l'instant d'apprendre qu'un automobiliste sous l'emprise de la boisson venait de faucher une famille entière à l'entrée d'un village du Pas-de-Calais... Vous avez aussitôt resservi du vin à votre père.

Rigolo

« Rigolo » est à « comique » ce que « confiture » est à « moutarde ».

Drôle

Comme le temps, « drôle » est changeant. Un drôle de type n'est pas forcément un type drôle. Il paraîtrait que ce mot vient de « *troll* » qui, en scandinave, signifie « lutin ». Drôle d'étymologie, le lutin n'est pas drôle, je le sais : il y en a deux dans le jardin de ma tante.

Gymnastique

C'est probablement mon aversion pour le caoutchouc qui m'a toujours éloigné de ce sport. Il y a trop d'« élastique » dans « gymnastique ».

Libellule

La libellule est un mot tentant. Elle a quatre ailes, et son nom quatre « l », légère comme une bulle qui rime avec lule... On a envie de s'en accaparer et de faire danser sur son dos la sagacité de notre esprit, montrer la bonne idée qu'a eue l'éditeur de me demander d'écrire ce livre, avec quelques lignes virtuoses inspirées par cette fée des étangs. Mais non. Je laisse libre cet insecte admirable et gracieux. Je n'interromps pas son vol « hélicoptérien » ni la valse de ses fines pâtes crochues sur le végétal aquatique où elle vient de se poser, par une série de mots célébrant son énigmatique beauté. Je respecte trop cette création divine dont la transparente élégance feutrée de vert pâle la fait se confondre à la plus charmante expression d'une

Nature dont elle est la princesse préférée. Non, désolé, je n'écrirai rien sur la libellule.

Insouciance

Quand on pense que pendant que nous courons sur la plage, insouciants et heureux, il y a au-dessus de nos têtes des passagers assis dans les avions des lignes polonaises qui viennent de découvrir leur plateau-repas... !

Homme politique

L'erreur que commettent la plupart des gens est de penser que l'homme politique est un homme, alors que c'est un homme politique.

Futur

« Futur » est pour moi un mot étrange. Je m'en sers, je sais ce qu'il signifie, il ne m'effraie pas, pourtant je ne m'y loge jamais. Je ne me suis jamais « vu » plus loin. « Demain », « plus tard », « dans dix ans » me servent comme tout un chacun à converser, écrire, développer des idées, mais j'ignore tout de ce qui n'est pas maintenant. J'ai souvent l'intuition de ce qui va arriver mais je n'ai aucune sensation de l'avenir. Je ne suis jamais projeté en avant, je n'ai jamais été capable de construire une stratégie pour atteindre un but, je ne voyais pas de but. J'ai l'instinct du présent, je parviens à m'en dépatouiller, à le vivre, parfois même à m'en échapper. Mais si je le fuis, ce n'est jamais vers « demain est un autre jour », c'est plutôt en le réinventant ailleurs, à côté, dans l'instant. Comme tous les enfants, j'ai été bombardé par cette question : « Qu'est-ce que tu veux faire quand tu seras grand ? » Je ne me voyais pas grand, et faire quoi ? Je n'en avais jamais aucune idée. J'ai et j'ai eu des envies, des désirs, mais l'idée d'attendre, c'est-à-dire d'imaginer leur réalisation dans ce futur invisible, m'insupportait, je les voulais tout de suite, d'où ma perpétuelle impatience. Rien à voir avec un caprice, seulement la certitude que demain n'existait pas tant qu'il n'était pas vécu, c'est-à-dire tant qu'il ne devenait pas du présent. « *Hic et nunc* », ici et maintenant. Là et seulement là est la vie.

Superficiel

Nous ne le sommes jamais assez. Notre tendance est au profond où l'on finit par se noyer, au lieu de rester à la surface qui finalement nous dit tout.

Artichaut

J'aime l'artichaut. J'aime son nom, son goût, ses feuilles, son cœur, sa forme, sa couleur, je l'aime cru, je l'aime cuit. S'il fallait tout recommencer, je vivrais avec un artichaut, je l'emporterais partout, au mont Saint-Michel, en Grèce, en Jordanie, je lui apprendrais à nager, à jouer au tennis, je lui ferais découvrir Fellini, Goethe, Chopin et Picasso, je le présenterais au ministre de la Culture, au maire de Turenne-Gare, à des amies stripteaseuses, je lui dirais qu'il n'y a pas de vie après la mort et qu'il vaut mieux pour son cœur monter à pied les escaliers que de prendre l'ascenseur, je le ferais voter, danser, dîner avec des intellectuels musclés et des sportifs pensants, s'il le souhaitait il pourrait faire la sieste, fumer, apprendre l'anglais, regarder des photos de femmes ou d'hommes nus, rentrer tard le soir, je lui dirais des proverbes comme par exemple *Tel père, tel fils* ou encore *Tant va la cruche à l'eau qu'à la fin elle se casse*, je lui ferais aimer les hannetons, l'aigle royal et les députés des Vosges, mon oncle lui ferait gravir l'Himalaya, ma sœur lui apprendrait à se servir d'une lime à ongles, mon cousin essaierait de le convertir au catholicisme mais n'y parviendrait pas, je lui ferais comprendre combien la tolérance est une vertu cardinale et comment on peut supporter le froid sans être bardé de vêtements chauds mais simplement en se concentrant, enfin je lui répéterais tous les jours, pour qu'il ne soit pas effrayé par l'amour que je lui porte, que la vie est incompréhensible et que c'est la raison pour laquelle je vais le manger.

Issue de secours

Voir Fantaisie.

Mâchicoulis

Lorsque le gros et terrifiant professeur d'histoire-géographie, qui enseignait au canon le Moyen Âge aux élèves de cinquième B pétrifiés par sa voix d'acier, prononça un jour le mot « mâchicoulis », soudain plus personne n'eut peur de lui.

La roupie de sansonnet

Il m'arrive parfois, pour désigner une quantité négligeable, trois fois rien, une broutille, quelque chose d'insignifiant, de dire qu'il s'agit de la roupie de sansonnet, sans savoir ce qu'est la roupie de sansonnet. Cela fait partie de ces bizarreries du langage d'employer une métaphore dont on ignore le sens pour expliquer quelque chose dont on connaît la signification.

Tout le monde sait ce que veut dire la roupie de sansonnet, mais qui peut dire ce que c'est ? « Sansonnet » est un étourneau, ça, nous le savons, nous connaissons aussi « roupie », qui est peu ou prou l'équivalent du centime d'euro en Inde, mais pour autant cela ne vous éclaire pas sur « roupie de sansonnet ». Il est probable que nous fassions fausse route. Sansonnet dans ce cas ne serait en rien ce petit oiseau vif et léger qui – dit-on – ne se pose jamais, mais le diminutif de Sanson, nom de cette famille d'origine florentine dont les représentants assurèrent la charge de bourreau à Paris de 1688 à 1847. On se souvient d'Henri Sanson qui guillotina Louis XVI, et de son fils Henri (l'intensité du guillotinage ne laissait que peu de temps pour trouver des prénoms, ils s'appellent tous Henri une fois pour toutes) qui exécuta Marie-Antoinette. C'est cet Henri-là justement que l'on avait coutume d'appeler Sansonnet, quand petit il venait aider son papa à rapidement ranger les têtes fraîchement coupées dans des casiers, pour ne pas ralentir le rythme des exécutions. Lorsqu'il devint bourreau majeur, ce surnom de « Sansonnet » lui resta. Or, au début de la Terreur, un beau matin, parmi les premières charrettes bondées d'hommes et de femmes jugés coupables par Robespierre qui se dirigeaient vers l'échafaud, on découvrit que l'une d'elles transportait un homme de très petite taille nommé Jean-Damien Roupie. Les gardes nationaux l'avaient trouvé rampant dans une canalisation qui menait à la salle de bain de Marat, une dague à la main. Il eut beau se débattre en criant haut et fort qu'il n'était dans ce tuyau que pour en ôter le calcaire, le Tribunal révolutionnaire le condamna à la décollation immédiate. Lorsque Sansonnet aperçut le minuscule Roupie gravir avec peine l'échafaud, il fut agacé. Ce condamné n'avait manifestement pas la taille pour être guillotiné par un bourreau de son rang. Les Sanson n'exécutaient pas les nains, on laissait cette besogne aux bouchers, voire aux coiffeurs, un coup de ciseaux suffisait. Sansonnet refusa d'utiliser sa noble machine à trancher pour expédier *ad patres* cet avorton mais, ne pouvant le rejeter à l'eau comme il l'eût fait d'une ablette trop courte et ne pouvant non plus le gracier face à une foule vampire assoiffée de sang, il sortit un poignard de sa ceinture et d'un coup sec sépara la grosse tête de Roupie de son corps minuscule, et d'un négligent coup de pied l'envoya valdinguer dans un panier puis, comme si de rien n'était, s'occupa du condamné suivant, un bel et fort aristocrate dont le mètre quatre-vingt-deux était digne d'être réduit par un Sanson.

Broutille donc que ce pauvre gnome pour Sansonnet qui le raccourcit en moins de temps qu'il ne faut pour le dire. Le langage populaire s'empara de cette anecdote sanglante et désigna désormais tout ce qui lui paraîtrait insignifiant, comme « roupie de sansonnet ».

Cette explication en vaut une autre, mais elle a au moins le mérite de nous apprendre qu'il s'en est fallu de peu que Charlotte Corday ne soit pas obligée d'entrer dans la salle de bain de Marat pour le liquider.

P. S. : Attention de ne pas confondre avec la « roupette de sansonnie », testicule de petits rongeurs qui est le plat national de l'Ossétie du Sud.

Postérité

Tant qu'à passer à la postérité, j'aimerais autant que ce soit de mon vivant.

Autobiographie

L'autobiographie est une voiture dans laquelle on raconte sa vie.

Mort

Sept milliards d'êtres humains, demain dix, puis trente, et encore plus après… La mort semble avoir perdu la partie.

Littérature

Les personnes qui lancent à tout va : « Tout le reste est littérature », n'en feront fort heureusement jamais partie.

Critique

Le critique assassine l'auteur quand il est vivant, une fois mort le plus souvent il le ressuscite.

Incunable

Mot qui signifie, nous le savons tous, un ouvrage imprimé antérieur à l'an 1500. Mais, attention, si vous l'entendez de la bouche de quelqu'un qui a un bec-de-lièvre, c'est « incurable » qu'il voulait dire.

Antipathie

Cette aversion irrépressible éprouvée pour quelqu'un est d'autant plus violente quand ce quelqu'un, avant qu'il ne couche avec votre épouse, vous était très sympathique.

Argument

L'ennui avec l'argument, c'est qu'il en déclenche immédiatement un autre chez votre interlocuteur à qui vous en opposez aussitôt un autre, et ainsi de suite. L'argument peut prolonger le débat au-delà du dernier métro. Fin et subtil, il peut certes vous faire applaudir par l'assistance, mais le risque est qu'il vous fasse rentrer à pied chez vous, d'autant que le samedi soir tous les taxis sont pris. Et sachez-le bien, aucun des spectateurs que vous avez épuisés en tentant de prouver pendant trois heures au chimiste du CNRS que vous aviez invité à débattre sur le thème « Y a-t-il de l'hydrogène dans le sentiment de foi ? », que chaque miracle du Christ dégageait une quantité considérable de CO_2, non, aucun de ces spectateurs ne vous proposera de vous raccompagner à votre domicile, de crainte que vous continuiez à parler pendant le trajet.

Mot inutile

Il n'est pas aisé de différencier le mot utile du mot inutile. Ce sont souvent les autres qui vous aident à les distinguer. Par exemple, dans un dîner, quand soudain les convives vous regardent tous comme si vous étiez un demeuré profond, c'est que le mot que vous venez de prononcer est un mot inutile.

Nouveaux mots

Chaque année, à l'affût des nouvelles pratiques de la langue, de la modification du parler, du changement des usages dans la conversation, de l'évolution des appellations et des modes de communication verbale, les grands dictionnaires font entrer dans leurs pages de nouveaux mots, tandis que d'autres obsolètes en sortent.

Il y a longtemps que je souhaite proposer à ces considérables lexiques une liste de nouveaux mots pas encore en usage mais qui constitueraient une sorte de réserve pour celles et ceux qui en ont assez d'appeler une table une table, un rhinocéros un rhinocéros ou une complication intestinale une complication intestinale. Bref, pour nos concitoyens qui souhaitent redonner goût à un langage affadi à force d'utiliser les mêmes vocables depuis des siècles, voici donc quelques propositions qui j'espère pourront pimenter d'une saveur nouvelle les phrases qui les emploieront.

Rombiler (v.) :	Manger sans fermer la bouche.
Plontin (n. m.) :	Table basse.
Cravelle (n. f.) :	La femme du coiffeur.

Tientien (adj.) :	Conquérant, hautain.
Sloupe (n. m.) :	Petit explorateur.
Cran-ballile (ou **Balloile**) (n. m.) :	Chaussure de pluie.
Rivolle (n. f.) :	La croûte du fromage (dans certaines régions du sud, peut aussi signifier « mal au genou »).
Urt (n. m.) :	Pince à linge.
Allonzen (n. m.) :	Patte avant du léopard.
Crifto (n. m.) :	Petite pièce métallique qui soutient l'aile des planeurs (au pluriel se termine en « al » : un crifto, des criftals)
Nimeller (v.) :	Revenir d'un pays chaud.
Tix-tax (n. f.) :	Partie inférieure du clitoris.
Turger (v.) :	Comprendre à demi-mot.
Sinffle (n. m.) :	Antiquaire, brocanteur (et dans certains cas peut s'utiliser pour désigner un mammifère albinos).
Crumanter (v.) :	Passer un examen, un concours. Par extension : sauter un obstacle, demander une augmentation, avoir une maîtresse ou un amant, envahir un pays,

calmer une douleur dentaire, abandonner son chien sur l'autoroute, suivre un inconnu, marcher à cloche-pied, salir sa chemise en mangeant, transpirer comme une vache, demander l'aumône, servir de témoin, choisir un bouc émissaire, s'entendre dire ses quatre vérités, annuler un rendez-vous à la dernière minute, être excommunié, s'en offrir une bonne tranche, accumuler les soucis, revenir en arrière et pêcher à l'asticot.

Se patouler (v.) : Maigrir trop vite.

Milantir (v.) : Nettoyer un pneu.

Pirafar (n. m.) : Crique déserte.

Tinal (adj.) : Nuancé, allusif.

Poutouffe (n. f.) : Cellulite.

Lic (n. f.) : Agence de voyages spécialisée dans l'organisation de circuits touristiques dans le Loir-et-Cher et l'Indre.

Sassal (n.f.) : Fruit du sassoule.

Brantignou (n. m.) : Habit de soirée lapon.

Clannir (v.) : Survenir, entrer à l'improviste, surprendre, étonner, stupéfier, apparaître nu chez son notaire, jaillir soudain dans le bureau du secrétaire général de l'Élysée, changer de sexe en visitant une ruine romaine, découvrir Dieu en se lavant les dents, avoir l'eau à la bouche en apercevant son beau-frère.

Tiban (n. m.) : Petit banc.

Reslicher (v.) : Slicher à nouveau.

Troumille (n. f.) : Sanitaire de poche.

Riquemaille (n. m.) : (se prononce [plitun]) Furoncle du mollet.

Boumol (n. f.) : Girafe naine. (Ne pas confondre avec « moubol », qui est la boucle de ceinture en argent que portaient certains nobles protestants après la révocation de l'édit de Nantes.)

Pompignol (n. m.) : Pas de danse populaire dans certains villages de Bretagne qui consiste à écraser le pied droit de sa partenaire tous les trois temps et la gifler si elle crie.

Mots génériques

Dans un souci d'économie, afin de participer à la réduction de la dette, je suggère le remplacement des mots trop longs à prononcer et donc qui coûtent cher, le temps étant de l'argent, par des mots génériques plus courts, qui auraient exactement la même signification.

Exemples :

SRO :	périodiquement
FLI :	architectural
AC :	déliquescent
MAK :	maccarthysme
CHOV :	inopportunité
LAZ :	orthostatique
TRRI :	oryctérope
SMOU :	rétroactivité
OLT :	vérificatrice
JANFF :	fornicateur
PNAH :	oligoélément
GIX :	stratocumulus

Si chaque citoyen acceptait d'utiliser ces mots brefs qui n'altéreraient en rien le sens de leur propos, j'ai calculé qu'en moins de trois ans la dette française serait épongée dans sa totalité et qu'au bout de dix ans nous pourrions racheter la moitié de l'Afrique, New York, une grande partie de la mer Rouge et les deux yachts dont ne se sert plus l'émir du Qatar. Pensons-y.

Avancer en arrière

Je n'ai trouvé nulle part cette expression qui décrit pourtant un mouvement quotidien de l'homme et de la femme, tout comme « reculer en avançant ».

Sentinelle

Soldat légèrement efféminé dont la sensibilité excessive permet de deviner la présence de l'ennemi à l'avance.

Ogre

Monstre de légende, célébré dans de nombreuses mythologies, qui se nourrit de chair humaine, de préférence celle des enfants. Le plus connu est l'ogre de Barbarie.

Arme

« L'arme » et « larme ». Sœurs siamoises.

Amitié

Que n'a-t-on pas dit sur l'amitié, que reste-t-il à écrire sur ce sentiment d'affection soi-disant réciproque ? Rien. Voilà qui me fait gagner du temps.

Protozoaire

« Protozoaire », organisme vivant unicellulaire dépourvu de chlorophylle, se confond souvent avec « protocolaire », activité pluricellulaire dépourvue de fantaisie.

Football

En français : « foutbaule » ou « foute ».

Sport de ballon joué essentiellement avec les pieds qui oppose deux équipes de joueurs en short dont le but est d'en marquer.

La simplicité des règles du football, doublée du fait que les inventeurs de ce sport ont eu l'excellente idée de donner des maillots de couleurs différentes à chacune des deux équipes qui s'affrontent pour qu'il soit impossible de les confondre, a permis à la presque totalité des humains de comprendre globalement ce sport devenu en moins de cent ans le plus populaire de la planète. Certains y voient un formidable progrès du vivre ensemble de l'humanité, d'une fraternité mondiale d'émotions partagées, d'autres considèrent que cet engouement planétaire pour ces vingt-deux individus qui se disputent un ballon sur l'herbe est un signe alarmant du rétrécissement du cerveau humain qui pourrait expliquer, entre autres, les élections d'Hugo Chavez, de George W. Bush et le bon score de Marine Le Pen lors de l'élection présidentielle de 2012.

Beaucoup ont dit ou écrit que le succès phénoménal du football s'expliquait par le fait qu'il remplaçait peu ou prou la guerre dont les hommes ne peuvent se passer. Il est vrai que, lorsque deux pays se livrent bataille à coups de tanks et d'avions de chasse, il est rare qu'en plus ils jouent au football entre eux. Il est également vrai qu'en temps de paix la seule possibilité d'exprimer sa haine pour l'Allemagne ou l'Angleterre est de leur coller un terrassant 4-0 qui les humiliera beaucoup plus que l'invasion de leur pays par les plus alertes de nos divisions aéroportées. Par ailleurs, on remarquera que le vocabulaire guerrier est souvent identique à celui du football : attaquant, défenseur, tir, division, capitaine, blessé, etc., sans oublier les hymnes nationaux qui sont joués avant chaque rencontre internationale, pour rappeler à ces valeureux soldats à chaussures à crampons que le sort de leur patrie est dans leurs pieds. De plus – est-ce une coïncidence ? –, l'on ne peut ignorer que le succès grandissant du football féminin va de pair avec l'augmentation du nombre de femmes qui s'engagent dans l'armée.

Ces hypothèses peuvent être validées ou combattues, ce qui par contre ne peut être contesté, c'est la place despotique qu'occupe le football dans les médias. Je ne parle pas ici de la retransmission des matchs qui ne se répand à la radio ou à la télévision qu'à la juste proportion de la passion qu'ils déclenchent auprès du public, je veux évoquer les interminables commentaires, interviews, analyses (de plus en plus psychologiques, voire philosophiques !) de joueurs, entraîneurs, supporters, présidents de clubs, etc. Nos ondes sont envahies jour et nuit de : « Le groupe est très solide », « Je sais que quand les défenseurs défendent et que les attaquants attaquent, on est sur le bon chemin », « Le foot, ah ! c'est un peu comme la vie, rien n'est jamais gagné », « Ma devise : respecter l'équipe d'en face », « Nous avons perdu, mais le collectif a gagné », « Pourquoi Kractucovic a occupé pendant tout le match le couloir droit alors que c'est un gaucher. Pourquoi ?! », « On est passés très près de la correctionnelle mais on s'est repris, on les voulait plus que tout, ces trois points », « Je ne dirais pas que c'est une punition, je dirais qu'on a eu ce qu'on mérite », « On a tout donné et ça n'a pas suffi », « Ce sera avant tout un défi physique », « On a le sentiment qu'ils vous ont pris à la gorge dès le début », « C'est surtout pour ma famille que j'ai marqué ce but », « Ils ont été plus forts, c'est tout », « Pardon, je vous coupe, mais je suis à côté d'Ahmed Sarzi », « Rien à dire, dans l'ensemble, rien à dire », « Ils ont fait la fête toute la nuit sur la grand place de la ville où plus de cent mille supporters en délire les attendaient », « Vous savez, un joueur, c'est bien sûr un sportif mais, on l'oublie trop souvent, c'est surtout un homme »...

Le bombardement de niaiseries proférées sur un ton de cause nationale que nous subissons quotidiennement à travers les médias est une pollution infiniment plus néfaste pour notre santé mentale que n'importe quelle fissure dans une centrale nucléaire… Nous sommes dangereusement irradiés par le commentaire sportif. Et ne parlons pas des obsèques réservées au moindre commentateur de football : le deuil est national ! Celles de Victor Hugo, à côté, ont été de la « roupie de sansonnet ». *(Voir Roupie de sansonnet).*

Le béton des stades prolifère, les meutes de supporters enflent, les matchs contenus autrefois le temps d'un week-end envahissent la semaine. Les conversations sans football disparaissent les unes après les autres, les riches s'achètent des équipes, les pauvres tapent dans des boîtes de conserve pour marquer des buts, c'est la fin… Mon Dieu ! Mon Dieu ! Vivement que l'Iran nous déclare la guerre !

Actualité

Ne pas écrire sur l'actualité pour être éternel, ne pas parler d'éternité pour paraître actuel.

Dinosaure

Il en reste des troupeaux.

Digestion

Étrange action que celle de transformer tout en merde.

Cinquante/cinquante

Ils ont la polygamie, on a le Tour de France.

Ils ont la haine au ventre, on a *La Marseillaise*.

Ils ont les prix Nobel, on a le Café de Flore.

Ils ont la Caroline du Nord, on a le Pas-de-Calais.

Ils ont les salafistes, on a le Front national.

Ils ont la technologie, on a le Pont-Neuf.

Ils ont une reine à chapeaux, on a la tête haute.

Ils ont Bill Gates, on a la porte de la Chapelle.

Ils ont les fous de Dieu, on a des supporters.

Ils ont les banques à leurs pieds, on a la Seine en bas de Meudon.

Ils ont des kimonos, on a des camping-cars.

Ils ont le Viêtnam, on a le Père-Lachaise.

Ils ont des femmes voilées, on a des femmes volages.

Ils ont des yourtes, on a des Swatch.

Ils ont marché sur la Lune, on a le marché aux puces.

Ils ont des corridas, on a *Le Figaro*.

Ils ont le tsunami, on a des espadrilles.

Ils ont Andy Warhol, on a Poivre d'Arvor.

Ils ont hara-kiri, nous aussi.

Ils ont Jérusalem, on a la Foire du Trône.

Ils ont le feu sacré, on a l'œuf-mayonnaise.

Ils ont la mer Rouge, on a la marée noire.

Ils ont tous les pouvoirs, on a quelques théâtres.

Ils ont trois milliards d'habitants, on a la station Châtelet.

Ils ont des îles, on a des ailes.

Ils ont le Sahara, on a l'Académie française.
Ils ont des mines d'or, on a le mois d'août.
Ils ont des prédicateurs enragés, on a les Jardins de la Muette.
Ils ont les records du monde, on a le bistrot d'en face.
Ils ont la peine de mort, on a la joie de vivre.

Rime

La rime termine le mot. Pourquoi ne pas commencer par elle ?

Absinthe
absente
absolue et
abstraite me creuse une
abscisse qui m'
absorbe et
absurdement me tue comme
Absalon.

Âge

Le mien est fixe, quatorze ans et demi.

Hier, j'ai lu dans le journal que j'en avais beaucoup plus ! La presse est vendue au temps qui passe.

Cravache

Que vient faire « vache » dans ce fouet destiné au cheval ?

Accolade

C'est le baiser sans lèvres des hommes politiques qui ne s'aiment pas.

Sole

La sole est un poisson plat souvent utilisé en musique. On le place généralement entre le *fa* et le *la*.

Muscle

Morceau de viande fibreuse qui manque au cerveau.

Sourire

Je n'aime pas les gens qui sourient, on dirait des photos.

Critique dramatique

À quand un critique comique ?

Mal de dos

Comme *tous les chemins mènent à Rome*, tous les maux conduisent au dos.

Progrès

Pleins et déliés à la plume d'oie, l'armure fraîche qui vous ceint le torse, la traversée des mers en caravelle, un assaut à l'arbalète ou à la couleuvrine, un chrétien dévoré par les lions, la souplesse de la porcelaine, le bavardage en latin, les réverbères au gaz, le frisson de la saignée, la sensualité de la crinoline, l'émerveillement devant le roi, la pipe en terre et le téléphone à galène, le réveil ému dans la caverne, le joyeux retour de la Croisade, Don Juan à la bougie, l'ignorance du monde… Que de plaisirs et de joies nous a ôtés le progrès !

Le bout du monde

Ne croyez pas les gens qui vous disent : « Je reviens du bout du monde. » Le monde est rond, il n'a pas de bout.

Adoption

Le plus important quand on adopte un enfant, c'est qu'il vous adopte aussi.

Acariâtre

Acarien, plâtre, âcre, rat, tout ce qu'il y a de plus dégoûtant est mélangé dans ce mot pour qu'à peine prononcé on haïsse ce qu'il désigne.

Bornoyer

J'aime ce mot que personne ne connaît et qui signifie ce que tout le monde connaît.

« Bornoyer », c'est regarder d'un œil en fermant l'autre pour vérifier un alignement ou une surface plane. C'est devenir borgne un instant pour voir mieux qu'avec les deux yeux. Au pays des voyants, les borgnes aussi sont rois.

Affection

Un mot qui dit enfin la vérité ! L'amour est une maladie.

Le fou de Bassan

Si je devais un jour écrire un roman, il aurait ce titre.

L'homme normal

L'homme normal est un tissu d'anormalités qui s'emboîtent, se complètent et finissent par tenir ensemble, ce qui lui permet de regarder le football à la télévision, de partir en vacances au mois d'août en Espagne et de siffloter dans son bain, tandis que l'homme anormal, victime de sentiments équilibrés et de sagesses qui se contredisent, en est réduit à écrire *Ainsi parlait Zarathoustra*, *Une saison en enfer* ou *Ubu roi* et, à la rigueur, à imaginer l'édification d'une tour en fer sur le Champs-de-Mars ou la rédaction d'un appel le 18 juin.

Navigateur

À l'origine, le navigateur était un marin qui cherchait un détroit pour lui donner son nom, offrant ainsi à sa descendance une notoriété éternelle. Aujourd'hui, le petit Stig Behring qui vit au sud de Copenhague est bien plus célèbre que n'importe quel prix Nobel ou star d'Hollywood à qui personne ne demande jamais si son nom a quelque chose à voir avec un détroit.

De nos jours, le nombre de détroits à découvrir a diminué sensiblement, de ce fait il est rare que le navigateur prenne la mer. Le navigateur reste assis devant son ordinateur et, bien que le rat fût l'ennemi des premiers aventuriers des océans, il se promène mollement sur la toile à l'aide d'une souris. Il tombe parfois sur un site pornographique, rencontre une promotion pour des produits de beauté, s'égare dans des blogs dénonçant le libéralisme ou frôle des hebdomadaires people en ligne, mais ne croise jamais aucun rétrécissement de quoi que ce soit à qui il pourrait donner son nom.

Le navigateur contemporain sombre dans un anonymat qui engloutira ses héritiers dans un oubli dont certains tenteront désespérément de sortir en devenant alcooliques ou animateurs de jeux télévisés.

Alan Alexander Ormuz, lorsqu'il découvrit son détroit, était sans doute loin d'imaginer l'effroyable décadence qui, quelques années plus tard, allait réduire à néant ce métier de navigateur dont il était si fier !

Sapeuse-pompière

Moi qui ne suis pourtant pas au sommet de l'échelle du machisme, je ne sais pas si en composant le 18 j'entendais : « Ne quittez pas, vous êtes chez les sapeuses-pompières », je n'aurais pas une légère érection.

Scarabée

Je ne me souviens même plus du nom de ce scarabée vivant au nord de la forêt amazonienne dont la presse avait annoncé la disparition de l'espèce comme l'une des tragédies de la planète. Cela dit, pas un mot dans les journaux, à part un court faire-part dans la rubrique décès, quand ma grand-mère est morte. Elle ne faisait probablement pas partie de la planète.

Alcool

Il est acquis pour beaucoup que l'alcool a tué nombre de mes amis. D'autres pensent que leur assassin est l'existence à laquelle l'alcool leur a permis d'échapper quelques années...

Vie

La vraie question n'est pas de savoir s'il y a une vie après la mort, mais s'il y en a une avant.

Pied de nez

Pourquoi s'arrêter au nez ? Pourquoi ne pas donner à toutes les parties de notre corps une autre partie : une main de ventre, un bras de fesse, un genou d'oreille, une joue d'épaule, une cuisse de dos, un vagin de nuque, une couille de cou, une paupière de menton, une lèvre d'abdomen… On avait déjà pourtant commencé avec un estomac dans les talons.

Nom de rue

Qui attribue les noms aux rues des villes ? Le maire ? Ne serait-il pas temps de donner à une ou deux avenues le nom d'un homme ou d'une femme qui ne figure ni dans le dictionnaire ni dans les livres d'histoire ou les anthologies de poésie ? Un anonyme.

Henri Chavin, par exemple, dont la mise au chômage a été pour lui une humiliation beaucoup plus forte que celle de Vercingétorix rendant ses armes à César, ou Colette Valaque, qui lorsque Jean-Paul, son mari, l'a quittée pour la jeune fille du pressing d'en face a souffert autant et surtout plus longtemps que Jeanne d'Arc sur son bûcher. Et ne serait-il pas juste de saluer la magnifique victoire que remporta Robert Flavier sur lui-même lorsqu'il décida dans la salle de gym de serrer la main de Marcel Alonzo qui venait pourtant de soulever dix kilos de fonte de plus que lui ? C'était tôt le matin, le soleil qui se levait ce jour-là était-il si différent de celui d'Austerlitz ? Ne mérite-t-il pas un parc ou une station de métro Robert-Flavier ? Comme nous tous, d'ailleurs, héros sans gloire qui livrons sans répit bataille contre un quotidien de plus en plus étouffant et résistons pied à pied à l'invasion de la réalité – nous ne demandons pas le Panthéon, mais n'avons-nous pas le droit à une postérité plus lumineuse que celle de notre nom gravé sur une tombe ? « Tous les hommes naissent libres et égaux... », pourquoi ne sont-ils pas allés jusqu'au bout en terminant par : « et tous mourront célèbres » ?

Cancrelat

J'ai longtemps pensé que le cancrelat était un mauvais élève fatigué.

L'esprit d'escalier

A soudain disparu avec l'apparition de l'escalator.

Mandarine

Certains matins, j'ai l'impression d'être une mandarine, une mandarine sans pépin. Je ne l'avais encore dit à personne. Les gens se font tout de suite des idées...

L'arc-en-ciel

L'arc-en-ciel, la flèche en terre, le fer au feu, et l'eau ? Quoi dans l'eau ? Ophélie... Pauvre Ophélie.

Le chihuahua

Le chihuahua lui au moins annonce la couleur : il aboie.

Taxi

L'un de mes rêves a toujours été de monter dans un taxi en lançant au chauffeur : « Suivez cette voiture ! » Jusqu'ici, il ne s'est jamais réalisé. J'ai l'habitude, mes rêves se cristallisent constamment sur l'impossible : je ne parle toujours pas le suédois, je n'ai pas gagné le Tour de France, je n'ai sauvé personne de la noyade en sautant tout habillé d'un pont, je n'ai pas trouvé un sac rempli d'émeraudes dans les toilettes d'une gare, Pénélope Cruz ne m'a pas dit : « Depuis le temps que je t'attends... », pas plus que Michel Onfray ne m'a demandé de l'aider à comprendre *Le Gai savoir*, je ne parviens toujours pas à enjamber l'Atlantique, ni à faire disparaître d'un regard l'Himalaya, encore moins à ressusciter Roland Topor. Où est cette foule qui m'acclame après que je me suis échappé d'une geôle d'Al-Qaïda ? Même si certains amis attentionnés me l'affirment, je sais que je n'ai jamais été ce magnifique tambour-major descendant les Champs-Élysées le 14 juillet à la tête de la prestigieuse légion étrangère, enfin personne ne m'a jamais téléphoné pour m'annoncer le décès de cette pourriture de critique dramatique ou la mise en examen de ce grand con qui est parti avec ma femme...

Et que dire de mon rêve le plus récent où mes rêves se réalisent, sinon qu'il prouve, une fois de plus, que je suis victime de cette malédiction qui veut que mes rêves restent des rêves ?

Ammonite

Le temps qui sépare l'apparition de l'ammonite, petit mollusque céphalopode de l'ère secondaire, de la naissance de Marilyn Monroe est à peu près équivalent à celui qui sépare l'apparition de cette même ammonite de la venue sur terre de Jean-Paul Sartre. Ce n'est pas possible, ils n'ont pas pris le même chemin ?

Alouette

Je demande pardon à l'alouette, je lui présente mes excuses, je souhaite qu'elle ne soit pas blessée par ce qui va suivre, je prie pour qu'elle comprenne mais je l'avoue : je ne peux plus supporter le mot « alouette ». Dès que quelqu'un le prononce, dès qu'il surgit dans une conversation, j'ai envie de tuer, d'étrangler, de décapiter, de mitrailler…

Ce n'est en rien la faute de ce pauvre volatile, il n'est coupable d'aucun crime, non, ceux qui méritent la mort sont les auteurs de cette chanson :

« Alouette, gentille alouette,
Alouette, je te plumerai,
Je te plumerai le bec,

Je te plumerai le bec,
Et le bec, et le bec !
Et la tête, et la tête !
Alouette, alouette !... »

Dix fois, cent fois par jour, ils l'ont piaillé, crié, scandé joyeusement en chœur, les instituteurs, les scouts, les gosses à la récré, les animatrices... Refrain miracle au manque d'allant, chanson capable de mettre en joie les plus sombres, de redonner vie aux dépressifs... « Je te plumerai les pattes... Et les pattes ! » Cinq ans ! De la primaire à l'entrée au collège, ils l'ont beuglée, leur chanson douce et tonique, ils auront plumé autour de moi au moins deux à trois millions d'alouettes avec leur petite voix de châtrés et leurs yeux sadiques, oui, sadiques ! Qu'est-ce d'autre que du sadisme, cet hymne joyeux louant l'arrachement du plumage de ce malheureux piaf ! « Gentille alouette... Je te plumerai... » Chansonnette célébrant le bourreau... Cela dit, avec « Qu'un sang impur abreuve nos sillons », il fallait s'attendre à tout.

Gentillesse

Un peu de paradis tombé sur terre.

Idée

Il y a des idées que je ne parviens pas à exprimer. Et si ce n'étaient pas des idées ?

Planche à voile

Accompagnée d'un fer vapeur, la planche à voile peut se pratiquer dans un pressing.

Transport

Le train transporte le passager qui lui-même transporte une maladie qui transporte une colonie de microbes où grouillent des milliers de cellules remplies chacune de plusieurs gènes, etc. Et tout cela pour le prix d'un seul billet de seconde classe. Pas si chère, la SNCF.

Servir à rien

Le lendemain de ma mort, dans le TGV Paris-Avignon-Marseille il y aura toujours la même interminable file d'attente pour atteindre à l'heure du déjeuner le wagon-bar, la pluie continuera à tomber sur le kiosque à journaux du boulevard de Ménilmontant et le vendeur barbu dira une fois encore : « Merde, on n'est vraiment pas gâtés cette année », les embouteillages place de la République en début et en fin de journée immobiliseront toujours des centaines de véhicules, des Maghrébins aborderont sur les avenues de jolies filles qui les enverront paître, les honoraires des chirurgiens dentistes du VIIIe arrondissement de Paris ne baisseront pas d'un euro... Je n'aurais donc servi à rien !

Tremblement de terre

À chaque tremblement de terre, les gens qui sont atteints de la maladie de Parkinson croient qu'ils sont guéris.

Immortalité

Le fou rire cristallin de cette vieille dame assise au fond de l'autobus est une des rares preuves de l'immortalité qui me soit apparue.

Ennemis

Évitez de dire du mal de vos ennemis, ils risqueraient de devenir célèbres.

Gramophone

Ce mot respire à peine, il est sur le point de disparaître. Il me fait penser à cette jeune fille filmée par toutes les télévisions de la planète qui s'enfonçait lentement dans la boue après un glissement de terrain dans une contrée d'Amérique du Sud. Le monde entier la regardait disparaître peu à peu sans pouvoir la sauver. Que pouvons-nous faire pour « gramophone » ? Au secours !

Caricature

Probablement ce qu'il y a de plus ressemblant.

Coffre-fort

En général, il l'est beaucoup moins que le voleur.

La plus belle femme

La plus belle femme du monde ne peut, paraît-il, donner que ce qu'elle a. Moi, ça me va.

Rouge à lèvres

La haine est indélébile, le fer rouge se charge de le rappeler. L'amour est fugace, le rouge à lèvres s'en souvient, il laisse des traces qui s'effacent.

Calamistrer

« Calamistrer » est un mot piment, un mot sursaut, un mot éclat ; l'arrivée de « calamistrer » dans une phrase de tous les jours est celle d'un prince indien dans un congrès de notaires à Besançon. L'œil s'allume, l'oreille s'ouvre, l'esprit s'éveille. On regarde, on écoute, on s'intéresse. Et Besançon devient soudain une cité de maharajas.

Public

Hier soir, il se jouait en plein air une pièce d'Henrik Ibsen. Au début du troisième acte, poussé par le Mistral, un ballon d'enfant en forme de tête de Mickey a zigzagué dans le ciel. Le public comme un seul homme a levé la tête et ne l'a pas quitté des yeux. Lorsqu'il a disparu derrière un nuage, il s'en est fallu de peu pour que tout le monde applaudisse…

Rouziguer

J'ai découvert ce mot très récemment dans la bouche d'un chauffeur de taxi avignonnais, dont la conversation ininterrompue de la place de l'Horloge à la gare TGV fut un hymne enchanteur à l'accent et au vocabulaire provençaux. (Même le célèbre « Peuchère » a résonné.)

« Rouziguer », dont la musique laisse entrevoir le sens, signifie : râler, marmonner, rechigner, bougonner, maugréer, etc. « En ce moment, j'entends rouziguer les gens du matin au soir, me lance le chauffeur. Et vous savez pourquoi, Monsieur ? Parce qu'ils sont jaloux, jaloux de tout », puis il m'a fait part de son ravissement de voir les lauriers-roses du bord de la route avoir repris couleurs et santé, eux qui, avec les froideurs de l'hiver, « étaient passés tout près de la correctionnelle »…

Quelques commentaires suivirent sur la chance qu'il avait de vivre dans ce pays où l'on pouvait regarder tranquillement les fleurs, puis il tourna avec souplesse le volant de sa limousine qu'il allait revendre vingt-cinq mille euros la semaine prochaine malgré ses trois cent mille kilomètres. « Et celui qui va l'acheter, s'il y fait attention comme moi, il peut se régaler encore quinze ans. » Le taxi s'immobilisa sur le parking de la gare. Les pneus crissèrent légèrement sur le gravier chauffé à blanc par un soleil impeccable. Avant d'ouvrir sa portière pour aller chercher mes valises dans le coffre, il se tourna vers moi et, d'une voix grave accompagnée d'un sourire triste, me confia : « Vous savez, Monsieur, la jalousie, c'est le cancer du monde. » J'aimerais connaître le mot provençal qui signifie « dire une vérité ».

Public (encore)

Pourquoi tant de services publics et si peu de services acteurs ?

Labourer

Lors d'un débat intitulé « Parler culture fait-il perdre les élections ? », un ancien ministre de la Culture cherchant à décrire le poids de sa charge a lancé : « Est-ce qu'une fois sa journée terminée un ministre de l'Agriculture laboure ? Non. Tandis que, moi, il fallait que j'aille au théâtre. »

Synonyme

Quel est le synonyme de « synonyme » ?

Voyage

Le voyage n'en est un que s'il vous emmène loin de vous.

Carnaval

Cette fête obligatoire qui se répand chaque année de Rio à Dunkerque et de Munich à Nice m'a toujours assommé. Ce brise-Carême est aussi insupportable que l'abstinence qu'il est censé interrompre. Étrange récréation avec un diable aux cornes limées. Révolte en carton-pâte, anarchie barbe à papa, démons de cirque. Tout cela n'est qu'un des nombreux attentats du mouvement terroriste le plus puissant de la planète, dirigé par l'ayatollah Mickey qui, depuis des années, ensucre nos rages, infantilise nos résistances et anesthésie nos sursauts par des divertissements castrateurs.

Espérance de vie

L'accroissement continu de l'espérance de vie a-t-il pour conséquence l'augmentation de la durée des pièces de théâtre ? Si oui, mourons jeunes !

Glouton

Ce mot semble être l'exact bruit d'un demi-hamburger passant de la glotte à l'œsophage d'un obèse.

Envie

Je n'en échangerais aucune contre celle de faire pipi.

Dieu

Il est admis par beaucoup que le seul fait de concevoir Dieu est la preuve de son existence. Sensible à cette idée, je me suis mis depuis plusieurs années à concevoir les plus sublimes femmes de la planète me désirant. Je commence à douter de l'existence de Dieu.

Matin

J'aimerais ne vivre que le matin.

L'enfance de l'art

L'art n'a pas d'enfance, il n'est qu'enfance.

Pape

J'aimerais beaucoup voir le Pape se laver les dents.

Femme

Cette belle jeune femme au regard tendre dont la silhouette fine et sensuelle vient de passer devant moi en courant pour attraper un autobus était peut-être la femme de ma vie et, moi, le grand amour qu'elle cherche depuis toujours.

Nous l'avons échappé belle !

Divin enfant

Quand naîtra-t-il cet enfant divin qui nous guérira de nous-mêmes ?

Procrastination

En voilà un mot répugnant ! Il évoque dès qu'on l'entend je ne sais quelle infection intestinale avec complication purulente. Eh bien, non. À ma grande surprise, c'est le nom qu'on a donné à cette propension partagée par de nombreux individus à remettre au lendemain ce qu'ils pourraient faire le jour même. Cette rétention de l'action n'est rien d'autre que de la constipation. Comme quoi, la sonorité d'un mot ne trompe jamais. Quand ça pue, ça pue !

Gamberge

Vous dire pourquoi, je ne saurais vous répondre, mais « gamberge », ce mot populaire qui décrit une vague rêverie, une petite balade dans l'imaginaire, une pensée ailleurs, a un côté carte postale, vue de Montmartre, cabaret poétique qui m'agace. Gamberger, c'est un rêve de touriste. Vous voyez ? Non ? Tant pis.

Cartilagineux

J'aime cet endroit qui ne se décide pas à être os ou viande. C'est la seule partie de nous-mêmes qui nous ressemble, nous qui hésitons encore à être ou à ne pas être.

Ambriolage

Pire que le cambriolage, l'ambriolage. Au retour des vacances, vous ne trouvez pas votre maison vidée par des cambrioleurs mais remplie à ras bords par des ambrioleurs. Dans une maison cambriolée, on peut au moins rentrer pour constater ; dans une maison ambriolée, impossible d'y pénétrer tant elle est gavée de meubles et d'objets qui obstruent toutes les issues. Comme les cambrioleurs, les ambrioleurs agissent surtout l'été, il est difficile de les interpeller car ils se font passer pour des déménageurs.

L'ambriolage est un méfait fantasmé par Roland Topor qui voyait dans les endroits trop meublés la main de malfaiteurs cherchant à l'étouffer. Seul son splendide rire panique le délivrait de cette angoisse claustrophobique.

Trait d'esprit

C'est de l'éclair ou de la bave, selon que l'homme se rapproche de l'orage ou de l'escargot.

Réalité

Endroit où il ne fait pas bon vivre.

Vie (encore)

Espace-temps limité parsemé de dimanches.

Marketing

Quant à moi, fort heureusement, je n'ai jamais été prévu dans le marketing culturel.

Style

Le style n'est pas l'Homme, c'est le déguisement de l'Homme.

Malheur

Il y a quelque chose dans le malheur qui nous prouve qu'on a vécu.

Organdi

Ce mot rare a jailli soudain dans la conversation de trois dames assises à la table voisine de la mienne sur la terrasse d'un restaurant d'été. Aussitôt, ma grand-mère m'est apparue. Cette dame drôle et charmante qui à la fin de sa vie cousait les costumes de mes pièces de théâtre balbutiantes. J'entendais son rire, je voyais son œil malicieux, son petit chapeau gris, sa voilette et son chemisier en organdi imprimé. Ma madeleine à moi me passe par l'oreille.

Pleuvoir

Le verbe « pleuvoir » ne se conjugue qu'à la troisième personne du singulier. Pourtant, sous une averse, on est souvent plus nombreux.

Gorille

Il paraît qu'il existe une loi dans le Massachusetts qui interdit d'avoir un gorille sur le siège arrière de sa voiture... Mais s'il est devant, a-t-il le droit de conduire ?

Étonner

En début de soirée, le 5 août 2012, lors d'une des offensives les plus meurtrières de l'armée de Bachar Al-Assad sur la ville d'Alep, Tarik El-Soulhoum fut étonné d'entendre quatre-vingt mille personnes hurler de joie juste après qu'un missile a massacré sa famille, détruit sa maison et, hélas, rallumé son transistor au moment où Usain Bolt venait de gagner le cent mètres aux Jeux olympiques de Londres.

Idole

L'idole absolue de la Malaisie est un champion de badminton. Regarder trois heures un type taper sur un volant avec une petite raquette ou écouter Johnny Hallyday chanter trois heures sans raquette au Stade de France... Finalement, l'herbe n'est pas plus verte ailleurs.

Paresse

Ce mot me fatigue plus que le mot « travail ».

Route nationale

La route nationale vient de disparaître en France, à quand le Front ?

Jaboter

Qui parle suffisamment le pingouin pour nous affirmer qu'il jabote quand il s'exprime ?

Existence

Salle d'attente, mais de quoi ?

L'œuf et la poule

La poule se mord tous les jours les doigts d'avoir pondu cet œuf qui se vante de l'avoir faite !

Esprit

Trop d'esprit ne nuit pas à l'esprit.

Bêtise

La bêtise étant depuis toujours la manifestation la plus considérable de l'humanité, il serait idiot de penser qu'elle est inutile à notre bien-être.

Bénignité

Le chômage, il faut le savoir, n'est pas un fléau réservé aux seuls humains. Les mots en sont victimes tous les jours, ils sont de plus en plus nombreux à être inemployés. « Bénignité », « concupiscence », « chrysophile », pour ne citer qu'eux, attendent depuis des mois, voire des années, qu'on leur propose un petit boulot dans une phrase, pour l'éclairer, pour préciser son sens, qu'on les glisse dans un dicton (le rêve, c'est un travail à vie !) ou simplement qu'ils apparaissent au détour du discours d'un homme politique conscient que la seule façon d'interrompre la somnolence de son auditoire est l'utilisation de termes oubliés. Le mot « chienlit » qui désespérait de sortir un jour du chômage longue durée a ainsi été remis en activité en 1960 par le général de Gaulle.

Le mot inemployé, à la différence de l'ouvrier dont l'usine vient de sombrer dans la faillite, ne bénéficie d'aucune assurance-chômage, il profite simplement d'un logement gratuit et temporaire dans le dictionnaire, dont il est en général éjecté au bout de quelques années d'inactivité. Devons-nous continuer à rester les bras croisés devant cette injustice ? N'y a-t-il pas quelque chose à faire pour sauver d'une exclusion définitive du vocabulaire tous ces mots injustement abandonnés par le langage ?

Une solution simple consisterait à supprimer tous les mots créés chaque année pour désigner les avancées de la science, les nouveaux comportements, ou les néologismes surgissant du parler des banlieues et de les remplacer par les mots sans emploi. Ainsi :

« Bénignité » pourrait signifier « nanotechnologie »,
« Gréser » pourrait signifier « kiffer »,
« Fébrifuge » pourrait signifier « e-mailer »,
« Mucilagineux » pourrait signifier « feedback »,
« Carambouille » pourrait signifier « blog »,

Haine

Comme le Tabasco pour le Bloody Mary, il faut une touche de haine dans l'amour pour qu'il ait du goût.

Grand homme

Ce sont toujours les petits hommes qui élisent le grand homme.

Naturel

Être naturel, c'est aller contre dix mille ans de civilisation.

Briller

Ne méprisons pas les gens qui brillent, ils permettent d'apercevoir ceux qui sont éteints.

Mou

Seul le caramel est fier de l'être.

Langue

Pourquoi ne parlons-nous pas tous la même langue ? Mystère. Au tout début, nous avions tous le même rugissement, nous onomatopions tous pareil, nous borborygmions tous en chœur, pour dire « vent » nous imitions son sifflement, pour dire « lion » nous rugissions, pour « aimer » nous gémissions, pour « à table ! » quelques cris clairs suffisaient... Le chaud, le froid, la pluie, l'herbe, l'ongle incarné, étaient les mêmes pour tous. Comment en est-on arrivé à les nommer si différemment ? Pourquoi le yéda, langage primitif et universel né en Inde qui donnait le sens par le son, a-t-il peu à peu dégénéré en serbo-croate, mandarin et breton ? La linguistique nous offre de passionnantes explications à cette dérive arborescente. Mais quel gâchis tout de même ! Il ne nous reste plus que la clameur des stades pour nous rappeler que nous pourrions comme autrefois parler la même langue. Nous comprendre est une autre histoire...

Art contemporain

Dans notre monde de certitudes, seul l'art contemporain permet de douter. Ouf !

Postillon

Petit éclat de salive projeté sur votre interlocuteur quand, lors d'un déjeuner, vous lui racontez l'ascension du Ballon de Guebwiller avec votre grand-mère pour lui prouver qu'elle pouvait encore apprécier le bon air des Vosges.

L'acteur passionné peut également postillonner. C'est vers le deuxième acte qu'il arrose le public, lorsqu'il demande avec véhémence la clémence de son roi. Si la pièce est forte, les trois premiers rangs de spectateurs ne lui en tiennent pas rigueur. L'effet cathartique fonctionne à plein, ils ressentent sa douleur mais pas les mini-crachats dont il les recouvre.

Le postillonnage est également fréquent dans les lieux publics. Raison pour laquelle, à La Poste par exemple, le préposé à qui vous demandez si vos allocations familiales sont arrivées est séparé de vous par un Hygiaphone, petite paroi en plastique transparent percée de trous minuscules pour que le son passe mais pas les postillons.

Ce qui est surprenant, c'est que le postillon désigne également le cocher qui conduit la malle-poste chargée de porter le courrier aux quatre coins du pays. Le postillon est donc d'une certaine façon un postier, donc quand vous parlez à l'employé de La Poste derrière un Hygiaphone pour le protéger de vos postillons, vous ignorez que lui-même est un postillon et... et... Bon, je ne sais plus très bien où je voulais en venir. Désolé...

Âme

Il paraît qu'il ne faut pas vendre son âme au diable. Mais à qui ? Quel autre acheteur en est digne ?

Asticoter

Ce verbe très évidemment dérivé du mot « asticot » signifie taquiner, énerver, agacer. Mais en quoi l'asticot nous taquine, puisqu'il ne nous adresse la parole que quelques jours après notre décès, période où notre susceptibilité s'est beaucoup assagie ?

Tergiverser

Je n'aime pas hésiter alors que tergiverser ne me déplaît pas.

Liposuccion

C'est quand le médecin a proposé de la liposucer que Geneviève Boulin (Carantec, Côtes-d'Armor) a décidé de rester obèse.

Polychrome

Quand je lis ou j'entends ce mot, rien d'autre ne m'apparaît plus que la petite église du village d'Ordizan dans les Hautes-Pyrénées, berceau de ma famille paternelle, dont toutes les statues de saints, d'anges et d'apôtres avaient été ripolinées en vert, rose, jaune, bleu, rouge et mauve. Coloriée comme un livre d'images pour enfants, l'église nous accueillait chaque dimanche avec gaieté et simplicité. L'air y était léger, la clarté du jour à peine rosie par les vitraux interdisait à toute ombre néfaste de s'installer sous l'abside. Les prières étaient joyeuses, le recueillement serein, le sermon du curé bienveillant et le chant des enfants de chœur en aubes blanches chassait l'apparition du moindre chagrin. Si Dieu existe, c'est là qu'Il se trouve.

Entre chien et loup

J'aime l'appellation de cette heure précrépusculaire où l'on ne distingue plus le chien du loup. Il faudrait établir une nomenclature précisant les heures où l'on ne distingue plus l'homme de la femme, le salaud du gentil, le généreux du pingre, le génie de l'idiot, le croyant du païen, le flic du voyou, le maître de l'élève et, surtout, le rêve de la réalité.

L'aventure

L'aventure n'existe pas sans aventuriers.

Tenir

Tenir ou lâcher prise ? Voilà la question.

Air

L'air de rien, ce monte-en-l'air ne manque pas d'air pour s'envoyer en l'air dans une chambre à air !

Chien

Le chien est le meilleur ami de l'homme : comme lui, il peut aller du caniche au doberman et du pitbull au yorkshire.

Catégorique

Jouant dans un jardin ensoleillé de la côte varoise, Sacha, trois ans et demi, répétait sans cesse et avec une visible délectation : « catégorique ». Intriguée, sa mère finit par lui demander ce que signifiait ce mot. « C'est un oiseau rouge », répondit Sacha... Il nous faudrait des Sacha par milliers.

Goût

Insensiblement, nous sommes passés du goût des belles choses au goût pour les bonnes choses. L'artiste le plus célèbre aujourd'hui est le cuisinier. Notre estomac est un musée éphémère.

Un bon gars

J'aime ces trois mots ensemble, ils désignent un homme que je préfère à beaucoup d'autres :

le regard tendre
les joues rondes
les doigts épais
45 ans ou plus
il regarde
il parle peu
il écoute
il est d'accord
il est maçon
il est docteur
il est gardien
il est boucher
il a un chien
c'est un bon chien
sa femme est vive
petite et brune
elle est vendeuse
esthéticienne
elle est choriste
institutrice
il est cocu
il le sait bien
mais ne dit rien
c'est pas grand-chose
il l'aime Rose
beaucoup il l'aime
comme son fiston
le p'tit voleur
le revendeur
le beau braqueur
il va le voir souvent
à la prison
il lui dit rien
juste il l'embrasse longtemps
il lui donne du pain
du bon pain blanc
il s'appelle
François
le bon gars
Jean-Pierre
André
ou Roger
les gens du coin
le saluent
lui il sourit
ça leur fait du bien
il ne se couche jamais
trop tard
et la nuit il dort bien
c'est ça qu'est bien.

Souffrance

Je n'en dis rien, je ne veux pas qu'à ma souffrance s'ajoute celle de savoir que mes ennemis s'en réjouissent.

Petit rien

J'aime ce petit rien qui parfois évite une catastrophe ou la provoque, qui favorise une rencontre ou déclenche une guerre, fait tomber un escroc ou sauve un enfant. C'est la revanche du hasard modeste sur les certitudes de l'Histoire.

Attendrissant

Il y a quelques jours, un présentateur du journal télévisé, la mine réjouie, annonçait enfin une bonne nouvelle : « Un secteur de l'industrie française relève la tête : l'espadrille basque. » S'ensuivait un reportage sur une fabrique de sandales en toile, nichée quelque part derrière Biarritz où on nous montrait une couturière qui piquait à l'ancienne un tissu écarlate sur une semelle en corde. Ce retour au Moyen Âge était attendrissant. La route vers le passé est peut-être l'issue face aux Mercedes allemandes et aux usines chinoises. Quand on arrivera à l'époque de David et Goliath, on aura gagné !

Lèche-cul

Ce mot odieux, insultant, obscène, désigne avec violence et mépris un individu qui loin d'être une déjection de l'humanité en est plutôt l'un des bienfaits. Victime d'une injustice inexplicable, haï de tous comme le serpent, l'araignée ou le crapaud dont on ne compte plus les services rendus, il est grand temps de réhabiliter le lèche-cul.

Car qui est-il enfin, cet homme honni de tous, sinon celui qui, payant chaque jour de sa personne, détend le prince, donne bonne humeur au chef et sourire au tyran ? C'est lui, le lèche-cul qui, par un déferlement de flatteries, apaise la colère du roi et retient son glaive. C'est lui qui chaque jour doit trouver les compliments les plus audacieux et à la fois les plus crédibles, au risque d'être pris pour un lèche-cul, à adresser à l'empereur afin que ce dernier n'ait recours à la rage ou à la fureur contre son peuple.

Le lèche-cul risque sa vie à tout instant pour sauver celle des autres. Combien de conflits meurtriers évités grâce au talent des lèche-cul ? Leur nombre est incommensurable. Le lèche-cul est avant tout un auxiliaire de paix.

Qui un jour remplacera toutes les statues de ces généraux et autres guerriers empanachés qui ont fait couler tant de sang par les effigies des fayots, flagorneurs ou au mieux courtisans, à qui des pays entiers doivent de ne pas avoir été envahis ? Qui ?!

Destinée

Quand l'été à la plage je regarde tous les enfants qui s'éclaboussent, les grosses dames avec des coups de soleil sur les fesses, les papas, les mamans huilés-bronzés, les amoureux qui s'enroulent sous leurs serviettes, les CRS musclés, les maîtres-nageurs qui le sont aussi, toutes ces cuisses, tous ces bras, tous ces dos et ces épaules, bref toute cette viande bien vivante qui dans peu de temps va pourrir sous terre ou finir en cendres dans une urne, je me dis, quand même, elle charrie, notre destinée.

Écrire

C'est horriblement douloureux d'écrire. Et, en plus, il faut que ça plaise aux critiques. J'arrête !

Index

DU MÊME AUTEUR

Par-delà les marronniers
L'Avant-scène théâtre, n° 513, 1973
repris dans
Jean-Michel Ribes, L'Art de résister
*suivi d'*Extraits choisis
L'Avant-scène théâtre, n° 1265, 2009

Les cent pas
L'Avant-scène théâtre, n° 646, 1979

Pièces détachées
Actes Sud Papiers, 1986

L'Odyssée pour une tasse de thé
Actes Sud Papiers, 1987

Les Candidats auxquels vous avez échappé
Éditions Safrat-Lire c'est partir, 1988

Palace
(avec Roland Topor, Georges Wolinski, Gébé et al.*)*
Actes Sud, 1989
et « Babel », n° 395, 1999

La Cuisse du steward
Actes Sud, 1990

J'ai encore oublié Saint Louis !
ou les Nouvelles Aventures de l'histoire de France
Hors Collection, 1992
Actes Sud, 2009

Il faut que le sycomore coule
Suivi de Omphalos hôtel *et de* Six Pièces minuscules
Actes Sud, 1993

Brèves de comptoir
(avec Jean-Marie Gourio)
Michel Lafon, 1994

Monologues, bilogues, trilogues
Actes Sud, « Babel », n° 286, 1997

Tout contre un petit bois
Actes Sud Papiers, 2000

Merci Bernard
La série culte de Jean-Michel Ribes
(avec Topor, Gébé et al.*)*
Actes Sud, « Babel », n° 488, 2001

Théâtre sans animaux
Actes Sud Papiers, 2001
et « Babel », n° 628, 2004

Sursauts, brindilles et pétards
Grasset, 2004

Musée haut, musée bas
Actes Sud Papiers, 2004
et « Babel », n° 735, 2008

Multilogues
suivi de Dieu le veut
Actes Sud, « Babel », n° 736, 2006

Je n'aime pas la campagne sauf dans le TGV,
elle va plus vite
Éditions X. Barral, 2006

Le Rire de résistance : de Diogène à *Charlie Hebdo*
tome 1
Beaux-Arts Éditions, 2007

Batailles
(avec Roland Topor)
Actes Sud Papiers, 2007
et « Babel », n° 978, 2009

Monsieur Monde
suivi de Ultime bataille *et* Le Sociologue
Actes Sud Junior, 2008

Mois par moi
Almanach invérifiable
Actes Sud, 2008

Voyages hors de soi
Actes Sud, 2009

Le Rire de résistance : de Plaute à Reiser
tome 2
Beaux-Arts Éditions, 2010

Trois Pièces facétieuses
Magnard, 2010

René l'énervé
Opéra bouffe et tumultueux
Actes Sud, 2011

ADAPTATION THÉÂTRALE
de et avec Jean-Marie Gourio
Brèves de comptoir
vol. 1. Une journée
vol. 2. Une année
vol. 3. Une semaine
Actes Sud-Papiers/Julliard, 2010

RÉALISATION : PAO ÉDITIONS DU SEUIL
IMPRESSION : CPI FIRMIN DIDOT À MESNIL-SUR-L'ESTRÉE
DÉPÔT LÉGAL : AVRIL 2013. N° 108502 (116850)
Imprimé en France

DANS LA MÊME COLLECTION

Derniers titres parus

L'Art du mot juste

275 propositions pour enrichir son vocabulaire

Valérie Mandera

Le sens d'acrimonie vous semble abscons ? Ne barguignez pas et lisez cet ouvrage ! La langue française recèle d'inépuisables trésors : algarade, pétulance, marotte sont trop souvent laissés de côté au profit des mots du quotidien.
Voici 275 synonymes indispensables pour enrichir votre vocabulaire !

Inédit, Points n° P2691

Mots en toc et formules en tic

Petites maladies du parler d'aujourd'hui

Frédéric Pommier

Les tics de langage véhiculés par les médias se propagent comme des épidémies, *c'est clair*. Et, *comme vous le savez*, certains en sont gravement atteints... *ou pas*. *Du coup*, Frédéric Pommier nous propose, dans ce livre *improbable*, une analyse *décalée* et *surréaliste* de ces symptômes et nous délivre son diagnostic. C'*est juste que du bonheur*. *Voilà*.

Points n° P2721

Les 100 plus belles récitations de notre enfance

Les poèmes de Guillaume Apollinaire, Jacques Prévert ou Claude Roy ont bercé notre enfance : chacun se souvient de ces strophes récitées devant son professeur. Retrouvez dans ce recueil les plus beaux vers français, devenus immortels à travers les voix des écoliers.

Points n° P2722

Petit Traité de l'injure
Dictionnaire humoristique

Pierre Merle nous livre dans ce petit traité une histoire amusée et souvent croustillante de l'injure, suivie d'un pétillant florilège qui permet de se réapprovisionner en phrases bien senties. Ou comment briller même dans l'invective.

Points n° P2820

Nyctalope ? Ta mère...
Petit dictionnaire loufoque des mots savants
Tristan Savin
Préfacé par Alain Rey

Briller en société en plaçant des mots savants, c'est bien, mais les employer à bon escient, c'est mieux ! Ce dictionnaire malicieux pointe les drôleries de notre langage et recense 300 termes mal interprétés ou détournés par l'usage. Il retrace leur évolution et restitue leur sens premier. Ne *stigmatisons* donc plus injustement les *cénobites nyctalopes* et leurs pensées *jaculatoires...*

Points n° P2835

Les Dessous des mots d'amour
100 énigmes, anagrammes et jeux de mots surprenants
Jacques Perry-Salkow – Frédéric Schmitter

Inspirés par le célèbre billet de George Sand à Alfred de Musset, lettre innocente cachant une déclaration fort osée, les auteurs imaginent à leur tour des mots d'amour à double sens. Acrostiches, contrepèteries, homophonies et autres rébus habitent clandestinement les pages de ce livre, candides missives dont vous aurez à découvrir les secrets brûlants !

Points n° P2309

99 proverbes à foutre à la poubelle
Jean-Loup Chiflet

Jean-Loup Chiflet part en croisade contre les proverbes ringards ! Il propose de tordre le cou à ces formules sans queue ni tête, aussi absurdes qu'inconsistantes. Pourquoi *les chiens aboient*-ils quand *la caravane passe* ? Quel Picasso du dimanche a pu inventer ce *Ventre affamé* avec ou sans *oreilles* ? Veut-on vraiment nous faire croire que *Tous les chemins mènent à Rome* ou que *Plaie d'argent n'est pas mortelle* ? L'auteur réinvente les proverbes à son goût, avec espièglerie et mordant.

Inédit, Points n° P2915

Les plus belles expressions de nos régions
Pascale Lafitte-Certa

Avoir l'air frais comme un ail (Midi-Pyrénées), *Faire un baise à bouquette* (Nord-Pas-de-Calais), *Le cul de la vieille est propre* (Franche-Comté), *Entamer une fourme* (Auvergne)...
Chacune de nos régions a le chic pour inventer les expressions les plus imagées ! Pascale Lafitte-Certa a retrouvé pour nous tous ces trésors du parler populaire et nous dévoile leur signification et leur histoire. Un bel hommage à notre langue des terroirs...

Inédit, Points n° P2916

Petit Dictionnaire du français familier
2 000 mots et expressions,
d'« avoir la pétoche » à « zigouiller »
Claude Duneton

La confiote, un casse-croûte, le fric, un pote, une nana, un costard, les mômes, les tifs, cavaler, tomber sur un os, la flotte, une baffe, se planter, la frime, se cailler, une bafouille, à Pétaouchnok, à perpète, la trouille, se carapater, le boulot, une torgnole, un patelin...
Ces mots ont beau être honnis des paperasses administratives et peu recommandés à l'école, tout le monde les emploie ! Le français familier, c'est la langue du quotidien. Ce petit dictionnaire dit tout sur l'origine et le bon usage des mots employés tous les jours dans la France d'aujourd'hui.

Points n° P2917

Les Mots et la Chose
Trésors du langage érotique
Jean-Claude Carrière

Rien de plus pauvre que le vocabulaire érotique des films pornographiques... La langue française abonde pourtant de mots sensuels et inconvenants pour parler de la chose ! Écoutons donc un sage érudit révéler avec allégresse, drôlerie et un brin de nostalgie une ribambelle d'expressions coquines et imagées.

Points n° 2960

Les Mots les plus méchants de l'Histoire
Bernadette de Castelbajac

Les mots méchants peuvent parfois toucher juste, être drôles, spirituels, subtils. Ce recueil de propos authentiques, tenus par des personnalités historiques, scientifiques, des hommes politiques ou des écrivains, en est la vivante illustration. L'amour, les femmes, les artistes, les religions, la politique, l'aspect physique... tous les sujets se prêtent à la méchanceté !

Points n° 2973